KB115078

용훈 新무협 판타지 소설

FANTASTIC ORIENTAL HEROES

마 in 화산 7

용훈 新무협 판타지 소설

초판 1쇄 찍은 날 § 2014년 8월 21일
초판 1쇄 펴낸 날 § 2014년 8월 28일

지은이 § 용훈
펴낸이 § 서경석

편집부장 § 권태완
편집책임 § 박가연
디자인 § 신현아

펴낸곳 § 도서출판 청어람
등록번호 § 제1081-1-89호
등록일자 § 1999. 5. 31
어람번호 § 제2-2524호

주소 § 경기도 부천시 원미구 부일로 483번길 40 서경B/D 3F (우) 420-822
전화 § 032-656-4452 팩스 § 032-656-4453
http://www.chungeoram.com
E-mail § chungeorambook@daum.net

ISBN 979-11-316-9145-8 04810
ISBN 978-89-251-3468-0 (세트)

7

마 in 화산

용훈 新무협 판타지 소설

FANTASTIC ORIENTAL HEROES

도서출판 청어람

目次

第一章

"태사조님!"

진무의 다급한 목소리가 터져 나왔다.

진무뿐 아니라 화산파 문도 모두가 두 눈이 튀어나올 것 같은 얼굴로 염호를 쳐다봤다.

세상 전체와 싸워도 전혀 질 것이라는 생각이 들지 않던 태사조 염호가 누군가와 부딪쳐 뒤로 튕겨진 것이다.

단지 그뿐이라면 화산파 문도들이 그토록 놀라지는 않았을 것이다.

한쪽 무릎을 계단에 꿇은 채 고개를 바짝 치켜든 염호의 눈동자가 경련하듯 떨리고 있는 것이 그 무엇보다 화산파 문도들을 당황하게 만들었다.

"태사조님……?"

진무가 염호를 양해 한 발 다가서려는 그 순간.

"도망쳐."

염호의 낮게 깔린 목소리에 진무뿐 아니라 모두가 흠칫 몸이 굳어졌다.

"도망치라니까."

염호는 진무 쪽으로 고개조차 돌리지 않았다.

그 눈은 오직 산문 앞 계단에 홀로 서 있는 요천을 향해 고정된 상태였다.

"싫습니다, 태사조님!"

진무의 전혀 예상치 못한 대답에 염호가 와락 인상을 찌푸렸다.

고개를 돌리니 이빨을 꽉 깨물고 고집스런 얼굴을 하고 있는 진무가 보였다.

그런 표정은 진무 혼자만 짓고 있는 것이 아니었다. 주변에 선 장로들이나 그 뒤편의 제자들 모두 진무처럼 하나같이 고집스런 얼굴을 하고 있었다.

이제껏 어떤 말을 꺼내든 곧이곧대로 따르던 화산파 문도들이 단체로 반항이라도 하는 것 같은 얼굴을 하지 염호의 얼굴이 절로 일그러졌다.

진무가 눈을 부릅뜬 채 목소리를 높였다.

"더 이상 본 문의 제자들은 등을 보이지 않을 것입니다."

진무는 입을 연 뒤 염호의 눈을 똑바로 쳐다봤다.

반면 염호의 눈빛과 얼굴은 더욱더 사납게 일그러졌다.

그 마음이야 다 충분히 이해하지만 이번엔 정말로 아니
었다.

"고집은, 부릴 때 부려."

염호의 목소리 끝이 바짝 날이 섰지만 진무는 요지부동
이었다.

"……."

"말 안 들을래?"

염호가 다시 한 번 인상을 찌푸렸지만 진무는 꽉 다문 입
술로 고개만 세차게 내저었다.

"더는 태사조님을 홀로 두고 도망……."

"이놈아! 저 인간이 누군 줄 알아?"

"……."

"흑제다, 흑제. 저놈이 바로 흑제라구."

염호가 몇 번이나 같은 이름을 언급하며 목소리를 높였
다.

하지만 진무나 장로 중 그 이름이 갖는 무게를 아는 이는

없었다.

오히려 '흑제가 대체 누군데 저러실까' 하는 얼굴 표정들로 서로를 바라볼 뿐이었다.

"서… 설마, 그 흑제… 를 말하는……?"

덜덜 떨리는 음성의 주인은 개방의 취성이었다.

연산홍과 함께 장로들 뒤편에 서 있던 취성은 흑제란 말에 눈알이 쏟아져 내릴 것 같은 얼굴이었다.

염호와 계단 위쪽에 선 요천을 번갈아 살피느라 정신이 빠진 얼굴의 취성.

그 순간 예기치 않은 일이 벌어졌다.

콰드득!

손마디 뼈가 바스러질 것처럼 주먹을 꽉 움켜쥔 연산홍이 계단을 박차고 느닷없이 신형을 뽑아 올린 것이다.

슝!

순식간에 화산파 도사들을 뛰어넘어 새처럼 솟아오른 연산홍.

그녀의 두 눈은 오직 산문 앞에 선 요천을 향해 고정되어 있었다.

부친 연경산의 실종, 그 열쇠를 쥐고 있는 천래궁주를 드디어 눈앞에 만난 것이다.

지난 세월 동안 수많은 첩자를 보냈고, 또 갖은 방법을 동원해 천래궁 신도들을 포섭해 봤지만 부친의 생사는커녕 천래궁주 요천이 어디서 어떻게 지내고 있는지조차 밝혀내지 못했다.

대륙 곳곳에 산재해 있는 천래궁 사원을 수시로 옮겨 다니며 이따금 나타나는 요천의 신출귀몰함을 따라잡지 못한 것이다.

그런 요천을, 이렇게 눈앞에서 직접 마주치게 됐으니 그녀는 정상적인 사고와 판단을 내릴 수가 없었다.

오직 요천을 무릎 꿇리고 부친의 생사 여부와 행방을 알아내겠다는 일념만이 그녀의 머릿속을 꽉 채웠다.

"이! 지지배가 어딜!"

장로들은 물론 단번에 자신까지 뛰어넘으려는 연산홍, 염호가 재빠르게 풀쩍 뛰어 올라 손을 쭉 뻗었다.

탁!

연산홍의 발목을 우악스럽게 붙잡은 손.

앞으로 날아가던 힘과 뒤쪽에서 붙잡아 내리는 힘이 맞물리며 연산홍의 상체가 바닥으로 그대로 꼬꾸라졌다.

자칫 그대로 두면 그녀의 얼굴이 계단에 그대로 처박힐 것 같은 때, 연산홍이 엄청난 속도로 온몸을 팽이처럼 휘돌렸다.

파라라락!

곱게 차려입은 연녹빛 화의가 엄청난 풍압을 일으켰고, 염호는 와락 인상을 찌푸렸다.

힘을 더 주고 있다간 그녀의 발목뼈가 수십 조각으로 부러질 것 같았기 때문이었다.

염호는 어쩔 수 없이 손아귀에 힘을 풀었다. 그 순간 연산홍의 신형이 시위를 떠난 화살처럼 계단 위를 향해 그대로 쏘아졌다.

슈아악!

엄청난 속도로 치솟은 연산홍의 주먹에 무시무시한 경력이 서리며 요천의 가슴팍을 그대로 내갈겼다.

그럼에도 처음 그 모습 그대로 태연히 서 있는 요천.

한 손은 뒷짐을 진 채, 또 다른 손이 느릿하게 움직일 뿐이었다.

퍽!

연산홍의 주먹과 요천의 왼 손바닥이 마주치는 곳에서 나직한 타격음이 터져 나왔다.

부릅떠진 연산홍의 눈은 붙잡혀 버린 자신의 주먹과 요천의 손바닥을 보며 격렬히 흔들릴 수밖에 없었다.

단순히 맥없이 공격이 막혔다는 이유 때문은 아니었다.

이미 예전에 염호와의 대결에서도 똑같은 경험을 한 적이 있었다.

다만 그때와 다른 것이라면 손끝으로 전해지는 반발력이 전혀 다르다는 것이었다.

염호가 도저히 부서지지 않을 것 같은 철벽을 후려친 느낌이라면 요천은 마치 엄청난 두께의 솜뭉치를 때린 것 같은 느낌이었다.

금강복마권의 권력이 요천의 손바닥 안으로 쑥 빨려 들어간 뒤 감쪽같이 사라져 버린 것이다.

더군다나 바로 코앞에 있는 요천은 자신을 쳐다보지도 않았다.

오직 계단 아래 있는 염호만을 주시하고 있을 뿐.

온통 새까만 옷과 새까만 얼굴, 그 가운데 유독 도드라져 보이는 새하얀 눈자위가 잠시 뒤 천천히 연산홍을 향해 움직였다.

등줄기를 타고 치미는 한기를 느낀 연산홍이 이를 꽉 깨물며 오른발을 세차게 차올렸다.

후앙!

소림의 절예 중 무상각(無想脚)이 연이어 펼쳐진 것.

퍽!

"......!"

연산홍의 눈이 다시 한 번 치떠졌다.

반대편 손을 움직인 것도 아니다. 자신의 주먹을 붙잡았던 손이 풀리며 무상각을 파리를 쫓는 듯한 움직임으로 너무나 가볍게 튕겨 버린 것이다.

더불어 몸속의 공력이 쑥 빨려 나가는 듯한 기이한 감각을 또다시 느껴졌다.

연산홍은 오히려 입술을 피가 나도록 깨물었다.

콰득!

다시 움켜쥔 두 주먹에 은은한 금빛 서기가 서리더니 폭풍처럼 요천을 향해 휘몰아쳐 가기 시작했다.

퍼퍼퍼퍼퍼퍽!

격렬하게 커져가는 타격음. 그 가운데 연산홍의 얼굴은 더욱더 굳어졌다.

너무도 쉽게 막혀 버리는 공격들.

더구나 요천은 왼손 하나를 움직였을 뿐이다.

다른 곳은 그 어떤 움직임도 없이 그저 왼손 하나만이 느릿느릿 움직이며 폭풍처럼 휘몰아쳐 오는 그녀의 주먹질과 발길질을 모조리 막아버렸다.

서른여섯 번의 주먹질과 열여덟 번의 발길질, 금강복마권과 무상연환퇴를 삽시간에 쏟아낸 연산홍의 입에서 단내 섞인 숨소리가 토해졌다.

"헉! 헉!"

땀방울이 홍건하게 차오른 연산홍은 요천을 향해 있는

눈을 떼지 못했다.

여전히 적의는 사라지지 않았지만 한눈에도 전의가 완전히 꺾여 버린 듯한 눈길의 연산홍이었다.

그 짧은 시간에 내공이 죄다 빨려 나간 것만 같았고, 온몸은 만근의 돌덩이에 짓눌린 듯 달싹하기도 힘들었다.

그 순간 요천의 왼손이 연산홍의 가슴팍을 향해 뻗어오기 시작했다.

느릿하게 움직이는 손바닥.

"……!"

연산홍의 눈이 거세게 흔들렸다.

그녀는 공격해 오는 그 손보다 오히려 요천의 눈동자를 보고 아득한 절망감을 느꼈다.

자신을 바라보는 요천의 눈에는 그 어떤 감정도 담겨 있지 않았다.

마치 벌레를 짓이기는 손처럼, 요천의 손이 자신을 그렇게 만들 것이란 느낌을 받은 것이다.

막을 수도, 피할 수도 없다는 절망이 그녀의 뇌리를 가득 채워가는 그때.

팡!

압축된 공기가 터지는 소리가 아래쪽에서 들려오며 섬전 같은 그림자 하나가 연산홍의 앞을 가로막았다.

짝!

난데없는 박수 소리에 연산홍이 퍼뜩 정신을 차리고 보니 염호의 작지만 더없이 크게 느껴지는 등을 볼 수 있었다.

요천의 바로 앞에 오른손 장심을 마주 댄 채 우뚝 선 염호.

온몸의 힘이 풀려 버린 연산홍을 향해서 염호의 차갑고 딱딱한 목소리가 이어졌다.

"내려가."

"……."

연산홍은 입을 열어 대꾸도 할 여력도 없었다.

걸음을 뗄 수도 없을 만큼, 아니, 서 있는 것마저도 너무 힘겨워 그대로 주저앉고 싶은 상태였다.

그때서야 자신이 무슨 짓을 했는지 완전히 깨달은 연산홍은 부끄러움에 차마 고개를 들지 못했다.

그녀는 남은 마지막 힘을 쥐어짜 힘겹게 발걸음을 뗐다.

그곳에 서 있는 것이 염호에게 얼마나 큰 방해인지 알기 때문이다.

쩌벅! 쩌벅!

연산홍은 위태로운 발걸음을 한 발 한 발 간신히 옮겨 계단을 내려가기 시작했다.

그럼에도 염호는 뒤를 돌아보거나 다른 어떤 말을 전하지 못했다.

당장은 오직 눈앞의 요천, 아니, 흑제가 분명한 이를 향해 모든 신경을 집중해야 할 때라는 것을 너무나 잘 알기 때문이었다.

과거 천살마군이던 시절에는 도저히 넘을 수가 없는 벽이었다.

아니, 넘어볼 생각조차 들지 않았던 존재라고 해야 맞을 것이다.

그때에도 흑제는 대체 몇 살이나 먹었는지 아는 이가 없었다.

그리고 백년이 흐른 지금은……

'으잉?

염호가 고개를 갸웃하며 마주 댄 손바닥을 슬쩍 바라봤다.

'할 만하잖아?'

딱 감이 왔다.

'하긴, 나도 탈태환골 두 번에 반로환동까지 했으니까……. 그럼 쫄릴 거 없네!'

손바닥을 통해 느껴지는 흑제의 기운, 진짜로 별로 대단하다는 느낌이 아니었다.

뭐, 어차피 둘 다 상대가 가진 힘의 반의반도 안 쓰고 있다는 것을 알지만, 그 정도면 상태를 파악하기엔 충분했다.

그때 산 아래쪽에서 나직한 목소리가 염호의 귓가로 들려오기 시작했다.

"흑제가 대체 누구기에……?"

대장로 손괴의 목소리였다.

"마교의 마지막 교주일세."

"……!"

"……!"

"이 늙은이가 어릴 적, 선사께 귀가 닳도록 들은 이름이 바로 흑제일세."

취성의 대답이 들려오고 호기심 많은 손괴가 또다시 되물었다.

"그런데 말입니다요……."

"……?"

"저희 태사조님께서 그… 흑제… 얼굴을 어떻게 알까요?"

"……."

"……."

*　　　*　　　*

"어린 친구여!"

손바닥을 마주 댄 요천의 입이 열렸다.

염호는 살짝 인상을 찌푸리며 요천의 희번덕거리는 눈동자를 쳐다봤다.

"이제 천도(天道)의 제단 아래 무릎 꿇고 신벌(神罰)을 맞을 준비를 하라."

연이어진 요천의 음성에 염호의 얼굴이 똥이라도 씹은 것처럼 변했다.

"뭐래?"

구겨진 얼굴로 요천을 천천히 살피는 염호.

얼굴은 예전에 알던 흑제가 분명했다.

달라진 것이라곤 낯빛이 먹물을 칠한 것처럼 새까맣게 변했다는 것과 피부가 탱탱해진 것, 그리고 그때보다 오히려 젊어 보인다는 것 정도였다.

그런데 묘하게도 이질적인 느낌이었다.

조금 전 연산홍을 상대로 펼쳐 보인 흑암마공(黑暗魔功)에서도 그렇고 손바닥을 통해 전해지는 공력 역시 단 한 줌의 마기(魔氣)도 느껴지지 않았다.

'흠! 이 인간도 반로환동을?'

자신이 겪은 일이니 흑제라고 해서 안 된다는 법은 없

었다.

그렇다고 해도 뭔가 이상하긴 했다.

단순히 마기가 느껴지지 않는다는 것으로 다 이해하기 힘든 생경함은, 마치 생판 다른 사람이 아닐까 하는 의심마저 들게 할 정도였다.

"본좌! 신공은! 이제 하늘에 온전히 그대의 처결을 맡길 것이다."

염호의 눈썹이 비틀리기 시작했다.

요천이 실성한 소리를 찍찍 내뱉더니 마주대고 있던 손가락 사이로 자신의 손가락을 집어넣어 각지를 꼈기 때문이다.

눈을 가늘게 뜨고 요천을 살피던 염호는 순순히 그가 하자는 대로 응해줬다.

어차피 곧 치고받고 끝장을 봐야 할 사이지만, 대체 흑제이 인간이 그동안 뭔 짓을 하며 살았기에 천래궁주라는 탈을 뒤집어쓰고 요렇게 요상한 짓을 할까 하는 궁금증을 조금이라도 풀고 싶은 것이다.

순간 요천이 바닥에 무릎을 턱 꿇더니 고개를 바짝 들고 하늘을 올려다봤다.

'허~! 요 인간! 진짜 맛이 좀 간 거 아니야?'

잠시 동안 그렇게 하늘을 올려다보던 요천이 벌떡 일어

선 뒤 염호를 마주 봤다.

"천주의 뜻이 정해졌다."

"잉?"

"세상을 어지럽힐 겁난의 씨앗."

딱딱해지는 요천의 목소리. 반면 그 하는 꼴이 기가 막힌 염호는 더욱 어이를 상실한 표정이었다.

일순간 깍지를 낀 요천의 손아귀로 노도와 같은 기운이 밀려들었다.

"필사(必死), 즉참(卽斬)!"

후아앙!

살벌한 목소리와 함께 손바닥으로 삽시간에 밀려드는 미증유의 힘.

그대로 둔다면 염호의 몸속을 헤집고 들어와 혈관과 장기마저 죄다 터뜨릴 기세였다.

당연히 그 정도는 예상하고 준비한 염호였다.

팡!

염호의 옷자락이 바람을 머금은 돛처럼 부풀었다.

삽시간에 천살마공을 끌어 올려 밀려드는 요천의 기운을 단번에 차단한 염호. 거기서 끝이 아니라 왼손이 재빠르게 허리춤으로 들어갔다.

재빠르게 흑뢰정을 꺼낸 염호가 도끼날로 그대로 요천의

머리통을 쪼개려 했다.

쩡!

그때, 내내 뒷짐을 지고 있던 요천의 오른손이 번개처럼 튀어나왔다.

맨손바닥으로 도끼날을 막아낸 것이다.

그 상태로 잠시간 다시 팽팽한 대치가 이어졌다.

서로를 코앞에서 응시하는 두 사람. 여전히 일말의 감정도 풍기지 않는 요천과 달리 염호의 얼굴에 순간 해죽 웃음이 걸렸다.

"흑뢰정을 몰라?"

"……."

"십만대산에선 언제 기어 나온 거야?"

"……."

무표정한 얼굴로 보일 듯 말 듯 고개를 갸웃거리는 요천.

그때서야 염호는 확신할 수 있었다.

흑제가 정상이 아니라는 것을.

마교주인 흑제가 십만대산을 모른다는 건 말이 되지 않았다.

세상에 제대로 이유가 알려지지 않은 마교의 멸문이나 얼마 전 출몰한 마령의 존재 역시 죄다 이 인간이 뭔가 이상해져서 벌인 일이라는 추측까지 가능했다.

하여간 멀쩡할 때도 별 해괴한 짓을 다 하던 인간인데 맛이 간 상태에서 뭔 짓을 못하겠는가.

"그렇단 말이지?"

흑뢰정을 쥐고 있는 왼손의 힘줄이 꿈틀 맥동을 시작했다.

멀쩡해도 해볼 만하다고 느껴지는데 정상이 아닌 흑제라면 더 망설이고 말고 할 이유가 없었다.

쩌저저적!

상대의 손바닥에 철썩 달라붙어 있던 흑뢰정이 미친 듯이 요동치기 시작했다.

한쪽 손은 여전히 서로 깍지를 낀 상태였지만 반대쪽 손은 눈에 보이지 않을 정도로 빠르게 움직이기 시작했다.

타탁! 타타타타탁!

흑뢰정이 섬전처럼 흑제의 온몸을 찍어가기 시작한 것.

도끼를 휘두르는 염호의 손도, 이를 막아내는 흑제의 손도 보이지 않은 채 무수한 타격 소리만 콩 볶는 것처럼 요란하게 퍼져 나갔다.

쩌정!

격렬한 움직임 끝에 다시 흑뢰정이 흑제의 손아귀에 붙잡혔다.

꽈득! 그그극!

손아귀에 힘을 빡 준 염호가 도끼날을 비틀자 흑제의 손바닥 안에서 쇠 갈리는 소리가 터졌다.

그 순간 염호의 눈동자가 번뜩였다.

"안 놔?"

도끼날을 확 뒤틀어 흑뢰정을 빼낸 염호가 깍지를 끼고 있는 요천의 왼팔을 그대로 찍어갔다.

슈앙!

그때서야 내내 요지부동이던 흑제의 눈동자가 거칠게 떨렸다.

자신의 손보다 도끼가 더 빠르다는 것을 감지한 것. 결국 깍지를 끼고 있던 손가락도 풀릴 수밖에 없었다.

콰— 앙—!

마주 댄 손바닥이 떨어지며 믿기 힘든 폭음이 터져 나왔다.

촤르르륵!

주르륵!

뒤쪽으로 튕기듯이 밀려난 두 사람.

새로 간 대리선 바닥으로 기다란 골이 두 개 생겨났다.

염호는 밀려난 거리를 가늠하더니 보일 듯 말 듯 인상을 찌푸렸다.

완벽한 백중세. 밀려난 거리마저 똑같은 것이다.

그럼에도 염호는 히죽 웃었다.

"그래도 내가 이겨."

"……."

"네놈한텐 혈마검이 없지만 난 다르거든."

염호가 산 아래쪽을 향해 팔을 쭉 뻗었다.

후웅! 후우웅! 후우우웅!

일대제자들에게 대충 내던지듯 맡겨두었던 패왕부가 공기를 우악스럽게 가르며 허공으로 치솟아올랐다.

탁!

염호의 오른손에 빨려들 듯 붙잡힌 패왕부. 그리고 왼손엔 흑뢰정이 있었다.

카강! 캉!

한 번 더 히죽 웃으며 패왕부와 흑뢰정을 가볍게 부딪힌 염호.

"천래궁주라고? 노망이라도 난 거냐?"

염호는 그 말을 끝으로 그대로 흑제를 향해 쏘아졌다.

패왕부에 담긴 엄청난 기운.

화산 전체를 반으로 갈라 버리고도 남을 엄청난 기운이 패왕부에 실렸다.

파산천강추!

물론 화산파 제자들이야 검신의 마지막 심득으로 알고

있는 무공이니 거리낄 것이 전혀 없었다.

거기에 상고의 신력 몰천력을 극성으로 끌어 올려 흑제의 움직임까지 완벽히 봉쇄한 상태.

후아앙!

무시무시한 힘을 담은 패왕부가 그대로 흑제의 머리통을 쪼개려는 순간이었다.

흑제가 다시 한 번 손바닥을 들어 올렸다.

"미친!"

염호는 어이가 없어 코웃음을 쳤다. 하지만 잠시 뒤, 염호가 갑자기 눈알이 빠질 것 같은 표정을 지었다.

쑤욱!

흑제의 손바닥이 마치 물고기 주둥이처럼 열린 것이다.

그리고 그 안에서 온통 시뻘건 색의 검 한 자루가 솟아났다.

'혈… 마… 검!'

불쑥 솟아올라 흑제의 손아귀에 잡힌 핏빛 검과 패왕부가 그대로 충돌했다.

쿠— 콰— 쾅!

염호는 날아가던 속도보다 더 빠르게 뒤로 팅겨졌다.

흑제 역시 멀쩡하지는 못했다.

콰쾅!

허벅지까지 땅바닥에 박힌 채 뒤로 밀려나더니 굳게 닫힌 화산파의 산문을 완전히 박살 내고서야 멈춘 것이다.

 그사이 염호는 허공에서 몇 번이나 몸을 뒤집으며 계단 아래쪽으로 뚝 떨어져 내렸다.

 휙 고개를 들어 흑제를 쳐다본 염호가 입술을 꽉 다물며 뇌까렸다.

 "확실히… 세네."

 툭툭 옷자락을 털며 일어선 염호.

 때마침 득달같이 화산파의 장로들이 달려들려 했다.

 "오지 마!"

 "……!"

 "방해된다, 이놈들아!"

 염호는 뒤도 돌아보지 않은 채 다시 계단을 박차고 날아올라 산문 앞에 뚝 떨어져 내렸다.

 흑제 역시 무너진 돌무더기에서 일어서더니 염호를 향해 거침없이 걸어오기 시작했다.

 다가오는 흑제를 향해 염호가 목과 어깨를 우드득 털며 입을 뗐다.

 "애꿎은 건물 망가뜨리지 마라."

 저벅! 저벅!

 흑제는 전혀 들은 체도 안 했다.

염호가 어깨를 다시 한 번 으쓱했다.

"하긴 뭐, 이제 우리도 먹고살 만은 하니까……."

"……."

"이 참에 싹 새로 짓지, 뭐."

콰쾅!

염호가 그대로 치솟아올랐다.

동시에 왼손을 떠나 시꺼먼 뇌전으로 변한 흑뢰정.

쩡!

시뻘건 검이 흑뢰정을 쳐냈지만 연달아 패왕부가 그대로 내려꽂혔다.

쾅!

누구도 밀려나지 않고 검과 도끼가 부딪힌 곳에서 다시 한 번 엄청난 굉음만이 토해졌다.

그 순간 패왕부와 흑뢰정은 다시 한 번 미친 듯이 흑제를 찍어갔다.

쩡! 쩌쩡!

콰콰콰쾅! 콰콰쾅!

벼락 치는 소리와 화탄이 터지는 소리가 쉬지 않고 산자락 전체를 뒤흔들기 시작했다.

"으아아아악!"

염호가 기합인지 뭔지 모를 소리를 내지를 때마다 패왕

부와 흑뢰정은 더더욱 빨라지고 더더욱 무시무시한 기세로 흑제를 난도질했다.

콰콰콰콰콰콰쾅!

도저히 끝날 것 같지 않게 휘몰아치는 굉음!

그때였다.

전혀 예기치 못한 일이 벌어졌다.

하늘을 가르며 시커멓고 네모난 그림자 하나가 날아온 것이다.

"헉! 무인흑교(無人黑轎)!"

흑제와 정신없이 싸우는 와중에 들려온 취성의 목소리였다.

'으잉?'

곁눈질로 허공을 삐딱하게 올려다보니 온통 새까만 가마 하나가 둥실 날아오는 것이 보였다.

번쩍번쩍 빛나는 검은 광택으로 온통 덧칠이 된 가마.

염호 역시 예전에 누군가에게 분명 들어본 기억이 있었다.

천하를 유유히 떠도는 정체불명의 가마.

가마꾼도 없이 저 혼자 날아다닌다고 해서 온갖 기괴한 전설과 함께 무인흑교란 이름이 붙었다고 했다.

천사맹이 해체된 시절에 처음 나타났으니 적어도 반백

년이 넘게 세상을 떠돈 것이 무인흑교.

때문에 사파 쪽 누군가가 무인흑교의 주인이 아닐까 하는 추측이 나돌았지만, 진짜 정체는 아직까지 누구도 밝혀내지 못했다고 들었다.

호기심을 참지 못하고 무수한 이가 뒤를 쫓았지만 아직까지 정체조차 밝혀지지 않은 무인흑교.

그렇게 호기심 많은 이 가운데는 천하십강과도 어깨를 나란히 할 고수가 즐비해 무인흑교란 이름은 더더욱 신비로움과 전설을 쌓으며 경원의 대상으로 자리매김한 것이다.

그 무인흑교가 느닷없이 화산파 산문 위를 향해 둥실 떠서 날아온 상황.

그렇다고 염호가 뭘 어떻게 할 수 있는 것은 아니었다.

눈앞의 흑제와 싸우는 것만으로도 온 힘과 정신을 집중해야 할 때였다.

흑제의 손바닥에서 튀어나온 시뻘건 검.

사람의 생피로 제련했다는 검에 이름을 붙여놓고 낄낄거리던 흑제의 과거 모습이 아직도 생생했다.

일백 명, 생사람의 피와 목숨을 쥐어짜 그 원념과 핏물로 담금질한 검이 바로 혈마검이란 놈이었다.

그저 보는 것만으로 요악한 기운이 풀풀 풍기는 검. 확실히 그때나 지금이나 흑제란 인간은 절대 상종해선 안 될 존재가 분명하단 생각이 들었다.

"응?"

정신없이 패왕부와 혈마검이 부딪히는 가운데 염호가 고개를 갸웃할 상황이 벌어졌다.

흑제 역시 곁눈질로 무인흑교를 쳐다본 뒤 흠칫하는 것이다.

여태 어떤 종류의 감정도 표출하지 않던 흑제가 눈에 띄게 당황한 얼굴이었다.

그게 끝이 아니었다.

갑자기 뒤로 훌쩍 물러난 흑제가 재빠르게 손바닥 속으로 혈마검을 빨아들였다.

살갗을 뚫고 나왔던 검은 거짓말처럼 사라졌고, 흑제는 촌각의 망설임도 없이 냅다 지면을 박찼다.

쾅!

슈— 아— 악!

강렬한 파공음을 남긴 흑제가 시꺼먼 점이 되어 순식간에 북쪽 하늘로 사라져 갔다.

연이어 무인흑교 역시 흑제가 사라진 쪽으로 방향을 틀더니 삽시간에 엄청난 속도를 내기 시작했다.

황당한 얼굴로 그걸 지켜보던 염호가 더없이 인상을 찌

푸렸다.

"이것들이?"

왼손에 들려 있던 흑뢰정이 순식간에 검은 벼락이 되어 무인흑교를 향해 날아갔다.

쭝!

무인흑교도 빨랐지만 흑뢰정의 빠름을 감당하지 못한 것은 당연한 일.

슈앙!

자그마한 손도끼가 무시무시한 속도로 날아가 무인흑교를 그대로 박살 낼 것 같은 순간이었다.

턱!

"......!"

창문에서 손 하나가 불쑥 튀어나와 흑뢰정을 냅다 붙잡아 버린 것이다.

작고 쭈글쭈글한 손.

그 손은 흑뢰정을 붙잡은 뒤 한참이나 허공에서 부들부들 떨리기만 했다.

그걸 본 염호의 표정이 좀 전과는 또 달라졌다.

딱 봐도 손의 주인은 여자였다. 그것도 늙은 여자.

흑제야 그렇다 쳐도 겨우 노파의 손길에 흑뢰정이 막혀 버렸으니 속이 부글부글 끓어 뒤집히는 기분을 느낄 수밖에 없었다.

정체가 뭔지는 몰라도 나름 흑제와 사생결단의 마음을 먹고 있는 때에 끼어든 것이니 염호 입장에선 화딱지가 치미는 것이 당연했다.

"넌 뭐야?"

염호가 삐딱하게 패왕부를 움켜쥔 채 허공을 향해 소리쳤다.

대답 여하에 따라 아예 박살을 내주겠단 눈빛이었다.

하지만 둥실 뜬 무인흑교에선 아무런 대답도 들려오지 않았다.

그저 허공에서 서서히 방향을 틀더니 염호와 정면으로 마주 섰을 뿐이다.

촤라락!

순간 정면을 가리고 있던 주렴이 걷히고 면사로 얼굴을 가린 노파가 천천히 모습을 드러냈다.

곱게 빗어 넘긴 은회색 머리카락과 주름, 하지만 맑고 커다란 눈을 가진 노파였다.

자그마한 연녹빛 비파를 품에 지닌 노파.

염호가 일순간 벼락을 맞은 듯 몸을 떨었다.

'취, 취벽?'

아무리 세월이 흘렀고, 아무리 주름과 세월에 가려졌다

지만 절대로 잊을 수 없는 눈동자였다.

평생을 살며 단 한 번 가슴에 품었던 여인.

무인흑교의 주인은 틀림없는 취벽선자, 그녀였다.

이제는 백골이 되어 어딘가 땅속에서 썩었을 것이라 여겼던 그녀가 멀쩡히 살아 있는 모습으로 눈앞에 나타난 것.

'허어~!'

염호는 저도 탄식을 내뱉었다.

그 늙은 모습을 보고 무슨 방심이나 연정의 마음 같은 것이 불쑥 솟은 것은 절대 아니었다.

단지 이 상황이 황당하고 난감해서였다.

노망난 흑제야 그렇다 쳐도 그녀라면 자신의 얼굴을 알아볼 수도 있었다.

흑뢰정과 패왕부를 그녀가 모를 리가 없으니.

그때였다.

"화산은 참으로 모질구나."

"……?"

허공에서 나직하게 전해오는 회한 어린 음성에 염호의 눈동자가 끔뻑거렸다.

"그분을 데려간 것으로 모자라 모든 것을 빼앗아 후대에 전하다니……."

'으잉?'

"검신은 분명 약조했다. 그분이 천수를 누리게 해주겠다고."

"······."

"그 말을 믿고 물러났거늘, 그분의 무공마저 빼앗아 대물림하였더냐?"

'응? 어라? 설마 나? 나를 구하러······?'

염호의 눈알이 이리저리 막 굴러가기 시작했다.

이건 뭐 너무 까마득한 시절의 이야기라 황당함마저 느껴졌다.

그녀를 마음에 두긴 했지만 그래 봐야 젊은 시절 고작 몇 달이란 시간이 전부였다.

그때는 정말로 불같이 사랑했다.

하지만 미래를 약속할 수 없던 철없고 치기 어렸던 시절이었고, 취벽 그녀 또한 밝힐 수 없는 사문의 업이 있다고 말하던 때였다.

사실 그때 왜 그녀와 헤어졌는지는 잘 기억도 나지 않았다.

뭐, 함께 어울렸던 도마나 옥수마희와 뭔가 좀 창피하기도 했던 그런 종류의 일이 있었다는 것을 어렴풋이 기억할 뿐.

그냥 취벽이 어느 날 훌쩍 떠나 버렸고, 한 보름쯤 진탕

술을 퍼마시고 그녀에 대한 마음을 접었다는 사실만 기억했다.

천살마군이라 불리며 화산에 붙잡힌 건 그러고도 다시 이십 년 정도나 훌쩍 흐른 뒤의 일이었다.

그런데 그때 그녀가 자신을 구하기 위해 화산을 찾아왔다고?

말을 듣자 하니 자신 때문에 검신 한호와 담판이라도 지었다는 투였다.

그런 모든 이야기가 염호에겐 그저 황당하고 낯설 수밖에 없었다.

그런데도 갑자기 뭔가 가슴이 짠하고 심장이 콕콕 찔리는 듯한 느낌이 들었다.

흑뢰정을 들고 있는 그녀의 손길과 눈빛이 나직하게 떨리고 있다는 사실이 염호를 더욱 싱숭생숭하게 만들었다.

"이것도 모두 업이 아니겠는가……."

힘을 잃은 목소리와 함께 취벽선자의 손에 붙잡혔던 흑뢰정이 맥없이 떨어져 내렸다.

하지만 염호는 손을 내뻗어 그걸 붙잡을 생각도 하지 못했다.

곱게 늙은 그녀의 눈가에 맺힌 눈물과 연이어진 그녀의 처연한 목소리 때문이었다.

"그분은 참 많은 죄를 지었다."

"……"

"아이야, 이제 너는 그분의 업을 짊어지고 그분의 힘으로 세상에 선을 행해야 하느니라."

"……"

"지켜볼 것이다. 화산의 뜻이 앞으로 어디로 향할 것인지를……"

촤라라락!

걷혀 올라갔던 주렴이 힘없이 떨어지고 무인흑교가 허공에서 서서히 방향을 틀었다.

쉬이익!

무인흑교가 북쪽 하늘로 사라져 가는 동안 염호는 멍한 표정으로 그걸 지켜보기만 했다.

"또 보자꾸나."

아스라이 들려오는 목소리가 귓가에 맴도는 동안 염호의 머릿속은 잔뜩 꼬여 버린 실타래처럼 복잡하게 흐트러질 수밖에 없었다.

'취벽… 대체 뭐가 어떻게 된 거야? 흑제는 왜 따라다니는 거고?'

궁금하고 이해되지 않는 것이 산더미 같았다.

염호가 정신을 차리지 못한 표정으로 허공을 응시하던

때, 때마침 아래쪽에서 다급한 발걸음 소리들이 연이어졌다.

"태사조님!"

진무를 비롯한 장로들과 일대제자들, 취성의 부축을 받은 연산홍마저 산문 앞으로 부리나케 올라왔다.

염호가 그들을 향해 고개를 돌렸다.

모두의 눈동자가 오직 염호를 향해 뚫어져라 고정된 순간이었다.

다들 이해되지 않는 것이 가득해 미칠 것 같다는 표정들.

천래궁주 요천이 마교 교주란 것이나, 느닷없는 무인흑교의 등장에다 이해 못할 노파와 염호의 대화까지…….

그 어느 것 하나 허투루 그냥 넘길 이야기가 아닌 것이 분명했다.

모두가 긴장한 눈으로 염호를 쳐다보며 그 입이 열리기만을 애타게 기다렸다.

염호가 어깨를 으쓱했다.

"궁금해?"

마주 선 모두가 고개를 힘차게 끄덕였다.

"나도 그래."

"……."

"……."

"한바탕 했더니 피곤하네, 들어가 잘란다."

염호가 휙 뒤돌아서며 패왕부를 어깨에 척 걸쳤다.

바닥에 떨어진 흑뢰정을 발로 툭 차올려 허리춤에 꽂은 염호는 무너진 산문 위를 터덜터덜 넘기 시작했다.

그 자리에 누구도 그런 염호의 발걸음을 붙잡아 궁금함을 풀 수 없었다.

터덜터덜 걷는 염호의 뒷모습이 전과는 전혀 다른 느낌이었기 때문이었다.

이제껏 알던 태사조와는 너무도 다른 낯선 느낌.

그러다 갑자기 우뚝 멈춘 염호가 고개를 치켜들더니 다시 한 번 무인흑교가 사라진 쪽을 응시했다.

한참을 멍하니 북편 하늘을 바라보던 염호, 그 입에서 모두의 귓가에 들릴 듯 말 듯한 뇌까림이 흘러나왔다.

"흐음… 이제 진짜 끝낼 때가 된 건가……."

第二章

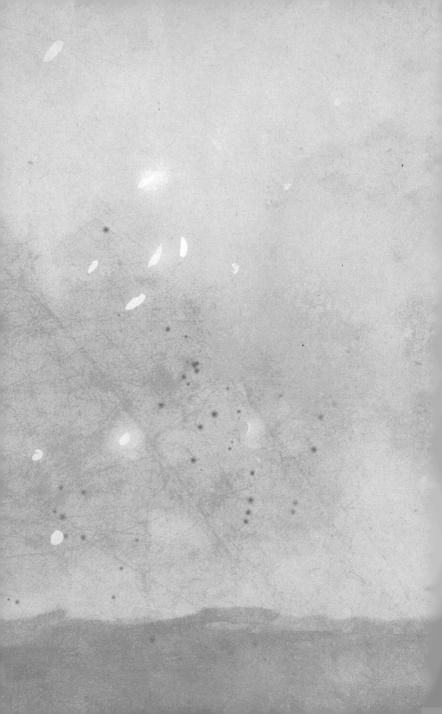

황제가 집무를 주관하는 태화전 안에는 붉은색과 푸른색
관복을 입은 만조백관이 모두 모여 머리를 조아린 채 시립
하고 있었다.

그 태화전까지 이어지는 높다란 계단과 정문까지 이어진
광장엔 수천 명에 달하는 장수가 번쩍번쩍 빛나는 갑옷을
입은 채 일제히 군례를 취하는 중이었다.

"보국공왕 신응담 전하 듭시오."

처처처처처척!

차차차차차차착!

정문 쪽에서 가늘게 찢어지는 내관의 목소리가 울리자 도열한 장수들이 일제히 양쪽으로 갈라서며 기다란 길을 만들었다.

그사이로 신응담이 천천히 발걸음을 옮기기 시작했다.

새하얀 능라의를 곱게 차려입고 허리춤에 장검을 패용한 신응담이 한 걸음 한 걸음을 옮기는 동안 장수들의 눈빛이 절로 그 뒤를 따랐다.

무한한 존경심과 경외감을 담은 장수들의 눈빛이 신응담을 향해 끝없이 쏟아졌다.

그럼에도 신응담은 예의 그 날카로운 눈매에 살짝 인상을 찌푸린 얼굴로 담담히 걸음을 옮길 뿐이었다.

'어쩌다가…….'

평생의 대부분을 산중에서 검만 갈며 살아온 신응담에게는 최근 얼마간 자신에게 벌어진 모든 일이 그저 생경하고 낯설게 느껴질 수밖에 없었다.

그래도 어쩔 수 있겠는가.

사문 화산의 일이고, 태사조의 지엄한 명령이니…….

한편 태화전 안쪽 황좌에 한쪽 팔을 걸치고 또 다른 팔로 턱을 괴고 있던 황제가 뚱한 얼굴로 볼멘소리를 토해냈다.

"썹~! 짐이 직접 청했기늘 다들 그냥 가버리다니!"

"폐하! 심신의 수도를 업으로 삼는 도사들이 아니겠사옵니까."

"흐음……."

"황성으로 모시는 것도 좋지만 속히 산으로 돌려보내는 것이 마땅한 줄로 아옵니다."

황제의 심기 불편함을 잘 아는 이부상서 주겸이 재빠르게 대꾸했지만 볼이 잔뜩 부은 황제의 표정은 별반 달라지지 않았다.

"짐이 뭘 바라고 그러나? 그냥 고마워 밥이나 한 끼 하자는 건데."

"폐하~! 천하 만민과 폐하를 위해 화산파를 텅텅 비워놓고 나섰다 하지 않사옵니까? 이를 유념해 주시옵소서."

"끙~! 알았다, 알았어."

손사래를 휘휘 내저은 황제의 눈이 이제 막 태화전 안으로 발걸음을 들인 신웅담을 향했다.

신웅담은 그런 황제와 눈을 마주친 뒤에도 고개를 바짝 세운 모습으로 걸어 들어왔다.

내내 불편한 얼굴이던 황제의 눈가에 이채가 돌더니 얼굴 전체에 환한 웃음이 걸렸다.

선황이 죽고 보위에 오른 후 지금껏 누군가와 이렇게 길게 눈을 맞춰본 것이 처음인 것이다.

더구나 어전시위를 제외하고 누구도 무기를 패용할 수 없는 태화전 안으로 당당히 검을 차고 들어오는 그 모습까지 황제에게는 전부 다 보기 좋았다.

신응담이 시립한 만조백관 사이를 가로질러 황제 앞에 당당히 섰다.

일반 백성이라면 그 즉시 오체복지하여 '만세 만세 만만세!'를 외치며 대례를 해야 마땅할 때, 신응담은 여전히 상체를 꼿꼿하게 세운 채 한쪽 무릎만을 조용히 꿇고 고개를 살짝 숙였다.

"화산파 침정궁주 신응담이 황제 폐하를 알현합니다."

과하지도 않고 그렇다고 모자라지도 않은 절제된 음성. 황제는 기다렸다는 듯 자리에서 벌떡 일어서더니 계단 아래로 내려왔다.

덥석 신응담의 손을 잡는 황제.

"오오! 신 도사, 자네라도 와줘서 진짜 고마워!"

마치 평생을 알고 지내온 것처럼 친근하게 건네는 황제의 목소리에 신응담이 당황함을 감추지 못할 때였다.

"어허! 우리끼리 뭘, 얼른 일어서라고."

황제는 친절하게 직접 손을 잡아 이끌었고 신응담은 엉거주춤 불편한 얼굴로 일어선 채 황제를 코앞에서 마주 봐야 했다.

황제가 만면에 활짝 웃음을 지으며 주겸을 불렀다.

"준비했지?"

"넵, 폐하."

황제의 눈짓을 받은 주겸이 얼른 뒤를 돌아보며 손짓을 하자 태화전 입구에서 대기 중이던 내관 여럿이 줄지어 종 종걸음을 치며 황제와 신응담 앞으로 다가섰다.

신응담이 영문을 몰라 하는 표정이자 황제가 다시 한 번 목소리를 높였다.

"짐은 그렇게 박한 사람이 아니야."

"……?"

"일을 시켰으면 마땅히 대가를 치러야 하고, 은혜를 입었으면 당연히 보은을 해야 사람이지. 하물며 만백성의 어버이인 짐이 그런 일을 외면하면 쓰나."

황제가 그리 말하고 턱짓을 하자 가장 앞쪽에 있던 환관 넷이 커다란 궤짝을 끙끙거리며 들고 와 신응담 앞에 조심스레 내려놨다.

환관 하나가 조심스런 손길로 궤짝을 열자 신응담의 눈가가 보일 듯 말 듯 작게 흔들렸다.

궤짝 안을 가득 채운 것은 번쩍이는 싯누런 황금이었다.

"이건 짐의 명으로 옥문관까지 나서준 것에 대한 보답. 다음~!"

연이은 황제의 말에 처음보다는 작지만 그래도 환관 둘이 간신히 들고 옮겨야 할 궤짝 하나가 다시 신웅담 앞에 놓였다.

　궤짝이 열리자 신웅담의 눈이 처음보다 조금 더 흔들렸다.

　재물의 가치에는 거의 문외한이라 할 수 있는 신웅담이 보기에도 너무 귀해 보이는 보석들이 상자 안을 가득 채우고 있는 것이다.

　"이건 북로군을 대신해 난주 백성들을 지켜준 보답이고. 자, 다음~!"

　황제의 음성에 대기 중이던 환관 하나가 널따란 목함 하나를 들고 와 보석이 가득 담긴 궤짝 위에 올려놨다.

　목함 뚜껑을 열자 누런 종이 뭉치가 가득했다.

　신웅담이 고개를 갸웃하자 황제는 의기양양한 얼굴로 입을 뗐다.

　"전답이랑 땅문서."

　"……?"

　"아! 부담스러워할 것 없어. 그 북검회인가 뭔가 하는 놈들한테 뺏은 거니까. 반은 국고로 환수하고 나머지 반은 화산파에 줄려고."

　"폐, 폐하!"

일순간 당황한 표정의 신응담이 황제에게 뭐라 말하려다가 흠칫 머뭇거렸다.

머릿속을 가득 맴도는 목소리 때문이었다.

"주는 거 있음 그냥 다 받아. 알았지? 명심해라~!"

태사조 염호는 이런 일들이 벌어질 것을 다 알고 있었던 것이다.

본산에 함께 돌아가지 못하고 뒷정리를 위해 황군과 함께 남아야 했을 때, 염호가 자신을 따로 불러 몇 번이나 신신당부를 했다.

만일 그때 염호가 귀띔을 하지 않았다면 신응담은 절대 눈앞의 재물들을 받지 않았을 것이다.

검신 태사조가 화산에 재림하고 이제껏 수많은 일이 있었다.

그 변화 가운데는 화산의 이름이 높이 드날리고 있다는 것도 있지만, 가장 큰 변화는 무엇보다 이제 더는 누구도 배를 곯지 않는다는 것이었다.

검신 태사조의 은덕으로 속가와의 관계가 공고해졌으며 많은 시주가 들어왔다. 이제 제자들은 오직 수도와 수련에 매진할 수 있게 되었으니 그것으로 더 바랄 것이 없는 것이다.

그런 시기에 이토록 큰 재물이 본산으로 들어온다면 오히려 예기치 못한 분쟁이 생길 수도 있는 일.

지나친 것은 아니 갖는 것만 못하다는 이치 정도는 깨우치고 있는 신웅담이었다.

평소의 성정이라면 당연히 거부했어야 할 재물들. 신웅담의 눈빛이 흔들릴 수밖에 없었다.

"좀 모자란 감이 있지? 그래서 준비를 하나 더 했지. 가져와."

"……."

총림당의 왕심봉이 보면 입이 쩍 벌어지고 턱이 빠질 정도의 재물을 가져와 놓고 또다시 뭘 더 준다니 황당한 마음까지 들었다.

그때 태화전 밖에서 금빛 갑주를 입은 장수 하나가 뚜벅뚜벅 걸어 들어왔다.

장수는 황제와 더불어 이부상서 주겸과 친형제인 지휘사 주휘였다.

주휘는 비단에 두텁게 말린 기다란 무언가를 공손히 들고 와 신웅담을 향해 조심스럽게 건넸다.

얼떨결에 두 손으로 받아 든 신웅담.

"오오? 이게 황궁보고에서 제일 좋은 검이야?"

"넵, 폐하!"

주휘가 자신 있게 대답하자 황제 또한 만족한 얼굴로 얼른 신웅담을 바라봤다.

"신 도사한테 주려고 내 지휘사 동생한테 특별히 부탁한 거야."

황제가 눈짓을 더하며 어서 풀어보란 표정을 지었다.

신웅담은 어색한 얼굴로 황제와 주휘를 번갈아 바라봤다.

흐뭇한 미소와 함께 초롱초롱한 눈길로 바라보는 황제와 주휘. 하지만 신웅담의 내심은 그들의 기대와는 전혀 다른 생각을 하고 있었다.

황궁보고에 있던 검이라면 보나마나 온갖 금붙이나 보석으로 치장된 검일 것이 분명했다. 그런 장신구 덕지덕지 붙은 검에 흥미가 동할 이유가 전혀 없는 것이다.

당연히 별 기대감도 생길 리 없었지만 황제와 주휘의 기대 어린 눈빛 때문에 어쩔 수 없이 천을 풀어야 했다.

그리고 연이어 신웅담과 황제, 주휘의 표정이 각양각색으로 변하기 시작했다.

가장 먼저 발끈한 반응을 보인 것은 황제였다.

"애걔? 저게 제일 좋은 검이라고?"

검집도 없는 투박한 검이었다.

거기다 검신은 시꺼멓기도 하고 붉게 보이기도 해 마치 녹이 잔뜩 난 것 같았다.

예리함이라곤 전혀 찾아볼 수 없는 투박하고 낡은 검. 버려진 지 못해도 수백 년은 된 듯 보였다.

황제 입장에선 당연히 주휘를 향해 짜증이 날 수밖에 없는 상황이었다.

황제가 와락 일그러진 얼굴로 주휘를 째려보았다. 하지만 주휘는 그런 황제가 아니라 오직 신응담만 뚫어져라 쳐다볼 뿐이었다.

의아함을 느낀 황제가 주휘에게서 신응담 쪽으로 시선을 돌리고는 눈을 동그랗게 치떴다.

이제껏 준 엄청난 재물에도 꿈쩍하지 않던 표정이 쉴 새 없이 흔들리고 있었기 때문이다.

게다가 검을 든 손이 어찌나 조심스럽게 느껴지는지⋯⋯.

"뭐, 뭐야?"

황제가 놀란 목소리를 내뱉자 주휘가 나직한 목소리로 응대했다.

"예사로운 물건이 아니었습니다."

"⋯⋯?"

"구석에 방치되어 있던 것인데 주변 쇳덩이들이 모조리

부식되어 툭 스치기만 해도 가루가 되었지요."

"으응?"

"하도 이상해 소신이 확인을 해봤는데, 저 검이 다른 쇳 덩이를 종잇장처럼 잘랐습니다. 필시 명검이 아니고 무엇 이겠습니까?"

주휘가 의기양양한 표정으로 대꾸하자 황제의 얼굴에도 더없이 만족한 웃음이 걸렸다.

그때서야 신웅담의 손이 조심스럽게 나아가 검의 손잡이 를 움켜쥐었다.

마치 뭐에 홀리기라도 한 듯 그 눈은 오직 검을 향해서 떨어질 줄을 몰랐다.

그 순간이었다.

화아악!

태화전 안의 공기가 삽시간에 뜨겁게 달아올랐다.

시뻘겋게 달아오른 검이 뿜어내는 열기에 시립해 있던 조정 대신들은 물론이요, 황제나 주휘마저 대경실색해서 펄쩍 뒤로 물러섰다.

검을 움켜쥔 신웅담의 얼굴에서 순식간에 굵은 땀방울이 흘러내리기 시작했다.

"으으으으……!"

신웅담의 얼굴에 퍼런 실핏줄이 터질 것처럼 부풀어 올

랐고, 눈동자의 시꺼먼 동공은 먹물처럼 퍼져 흰자위로 번
져 나갔다.

숨이 막힐 것 같은 열기가 태화전 안을 휘감자 어전시위
들이 득달같이 달려와 황제를 에워싼 뒤 신응담을 향해 병
장기를 세웠다.

차차차차창!

하지만 황제는 오히려 담담했다.

신응담을 뚫어져라 쳐다보던 황제가 시위들을 물리며 오
히려 신응담을 향해 한 발 다가섰다.

"신 도사……? 괜찮아?"

"폐하! 위험합니다."

지휘사 주휘가 재빠르게 황제 앞을 가로막았다.

하지만 황제는 다른 이들보다 훨씬 여유롭고 담담한 얼
굴이었다.

황성에만 처박혀 세월아 네월아 보낸 것이 아니라 직접
전장에 여러 차례 나간 터라 그 배포가 남다른 것이다.

사색이 되고 긴장한 것은 주겸이나 어전시위들처럼 황제
의 안위를 지켜야 하는 이들이었다.

"피… 피하… 십시……."

두 눈동자가 완전히 시커멓게 변한 신응담이 목구멍을
쥐어짜내는 듯한 쇳소리를 토했다.

그 순간 그가 움켜쥐고 있던 검붉은 검신에서 이전과는 다른 강렬한 울림이 이어졌다.

스츠츠츠츠!

새빨간 연기 같은 것이 검에서 수증기처럼 흘러나왔다.

스멀스멀 퍼지는 시뻘건 운무. 마치 피 보라가 점점 짙어지는 것 같은 소름 끼치는 모습의 핏빛 안개가 차츰 뚜렷한 형태를 만들기 시작하자 여태 담담함을 유지하던 황제마저 모골이 송연해진 표정을 지어야 했다.

순간 검에서 흘러나온 새빨간 운무가 삽시간에 사람의 형상을 갖추더니 신웅담의 온몸을 순식간에 뒤덮어갔다.

추추추츠춋!

경련하기 시작한 신웅담의 몸뚱이가 바닥에서 반 자 가량 떠올랐다.

"대체……?"

황제마저 두려운 눈빛을 감추지 못해 절로 뒷걸음질 쳤고, 주휘와 어전시위들은 기다렸다는 황제를 보필하여 태화전 밖으로 황급히 물러났다.

황제가 몸을 피하자 여태 좌불안석이던 조정 대신들도 너 나 할 것 없이 내빼기 시작했다.

태화전 밖은 순식간에 금의위 무사들과 어림군 병사들로 빽빽이 둘러싸였다.

그 와중에도 황제는 멀리 피하지 않고 태화전 안이 들여다보이는 곳에 발걸음을 멈췄다.

"도대체 뭐야? 무슨 일이야?"

황제의 얼굴에 서린 것은 짜증이나 분노가 아니라 신응담을 향한 깊은 걱정이었다.

딱 봐도 뭔가 좋지 않은 것에 휩싸여 간다는 것이 눈에 들어왔으니.

"폐, 폐하, 아무래도……."

바로 옆에선 주휘가 부들부들 떨며 말끝을 흐리자 황제가 와락 인상을 찌푸렸다.

뭔가 아는 게 있으면 빨리 말하라는 채근의 눈빛.

"옥문관과 난주에 나타났다는 그게 아닐까 싶습니다."

"응?"

"보고받은 것하고 비슷합니다. 단지 색깔이 붉은색이란 것만 다르고……."

"다 잡아 없앴다고 하지 않았어?"

"……."

지휘사 주휘 역시 더는 대꾸할 수 있는 것이 없었다.

수십 장의 보고서를 받았고 면밀히 살폈지만 그것만 보고 실제로 알 수 있는 사실은 별로 없었다.

단지 시꺼먼 안개 같은 것이 사람들을 흔적도 없이 집어

삼켰고 화산파 도사들이 이를 무찔렀다는 것만 알 수 있을 뿐.

"뭘 어떻게 해야 하는 거야? 신 도사가 저러고 있는데?"

황제 역시 얼굴에 드리운 깊은 그늘을 걷을 수가 없었다.

북로군 삼만을 비롯해 수천의 백성을 감쪽같이 집어삼켜 버린 괴물 같은 게 자금성 안에 떡하니 나타났다는데 평정심을 유지할 수는 없었다.

황제는 깊게 가라앉은 눈을 하고 태화전을 주시했다.

그때였다.

붉은 안개에 휩싸인 채 허공에 둥실 떠 있던 신응담의 얼굴에 변화가 일기 시작했다.

완전히 새까맣게 변한 눈동자에 뚜렷한 정광이 어리기 시작한 것이다.

츠츠츳!

반면 아교가 칠해진 것처럼 신응담을 휘감았던 시뻘건 운무가 마치 뭐에 튕겨지는 것처럼 크게 휘청거렸다.

그 순간 신응담이 움켜쥐고 있던 검에서 눈부신 자줏빛 광망이 폭사되었다.

화아악!

눈이 멀어버릴 것 같은 강렬한 빛이 태화전 밖으로 쏟아져 나오자 이를 지켜보던 황군과 어전시위들이 황급히 고개를 돌려야 했다.

"뭐야? 어떻게 된 거야!"

손으로 두 눈을 가린 황제가 목소리를 높였으나 그 잠시 동안 앞을 구분할 수 있는 이는 아무도 없었다.

츠츳… 츠츠츳…….

단지 운무가 뿜어내는 약한 소리만 귓가를 맴돌 뿐.

그때 황제에게 너무나 반가운 외침이 들려왔다.

"나는 대화산 장로 신응담이다."

태화전 안을 쩌렁쩌렁 울리며 퍼져 나오는 신응담의 목소리.

시야를 되찾은 이들이 태화전 안을 보곤 너나없이 경탄 어린 표정을 지었다.

허공에 둥실 떠 있는 신응담의 전신에 자주색 광휘가 가득했기 때문이었다.

쳐다보는 것만으로도 따스하고 포근함이 느껴지는 맑고 신비로운 빛에 가득 휩싸인 신응담.

이제껏 걱정과 근심으로 가득하던 황제의 표정마저 싹 바꿔놓았다.

"오오! 신 도사!"

황제의 경탄이 이어질 때 이전까지 신응담을 휘감았던 새빨간 운무는 어른 머리통 크기만큼 작아진 모습으로 바닥에서 부들부들 떨고 있었다.

하지만 그걸 노려보는 신응담의 눈빛에는 여전히 긴장의
빛이 넘쳐났다.

눈앞에 있는 것이 난주에서 경험한 마령과는 또 다른 사
특한 존재임을 온몸으로 느꼈기 때문이다.

만일 요 근래 자하신공에 대한 깨달음이 없었다면 저 사
악한 힘에 제대로 대항하지 못하고 온몸이 잠식당했을지도
모른다는 생각마저 들어 신응담은 절대 방심할 수 없었다.

더구나 지금 자신에 손에 들린 검은 백여 년 전 사라졌다
고 알려진 자하신검이 분명했다.

화산 최고의 신병(神兵)이자 무가지보인 자하신검.

검신 하단에 음각된 글자들은 더는 의심의 여지를 남길
이유가 없게 만들었다.

山中人 花開落[산중인 화개낙]

화산파를 개파한 시조 이검양 조사가 매화지를 이용해
새겼다는 여섯 글자.

처음 검을 보고 놀라고 당황한 이유 역시 단번에 검의 내
력을 알아봤기 때문이었다.

매화신검이 대체 왜 황궁비고에 있단 말인가.

매화신검의 마지막 주인으로 기록된 이는 다른 누구도 아닌 검신 태사조였다.

그리고 검에 봉인되어 있던 시뻘겋고 요사스런 붉은 기운의 정체 역시 신웅담의 머릿속을 너무나 복잡하게 했다.

츠츠츠… 츠츠…….

눈앞에서 떨고 있는 사이한 혈무.

그 떨림이 두려움 때문이 아니란 것을 신웅담은 확연히 느낄 수 있었다.

분노, 적개심, 강렬한 살의…….

지금 혈무가 자신을 향해 뿜어내는 느낌은 분명 그런 종류였다.

하지만 당장 그 이유를 따지고 있을 때가 아니었다.

자신이 서 있는 곳이 어딘지를 알기 때문이었다.

자금성 안, 황제를 비롯한 수많은 조정 대신과 황군이 지켜보는 곳에 있는 상황이었다.

무엇이 되었든 일단 저 혈무를 없애는 것이 가장 우선되는 명제라는 것은 명명백백했다.

후우웅!

전신을 휘감고 있던 자하강기가 매화신검으로 빨려들 듯 이동한 뒤 더욱 강렬한 빛으로 변했다.

뚜렷한 형상을 갖춘 자줏빛이 아릿한 검신의 빛과 함께

폭사되었다.

혈무를 향해 다가가는 신응담.

그가 움켜쥔 검엔 그 어떤 멈칫거림도 없었다. 그 정체는 나중에 들어도 되기 때문이었다.

매화신검과 함께 정체 모를 것을 봉인한 당사자가 지금 화산파에 있는 것을 아는데 무엇이 걱정이겠는가.

츠츠츳!

촤락!

신응담이 재빠르게 쇄도해 들어가자 혈무가 거칠게 요동 치더니 보자기처럼 펼쳐졌다.

신응담은 주저함 없이 검을 휘둘렀다.

후아앙!

강렬한 파공음과 함께 혈무는 맥없이 반으로 갈라져 버 렸다.

푸드드득! 푸득!

맥없이 바닥으로 떨어져 퍼덕거리는 혈무.

하지만 신응담은 결코 방심하지 않았다.

솨악! 사사사사삭!

십여 번의 난도질을 하며 파닥거리는 것들마저 조각내 버렸다.

벌레처럼 잠시 꿈틀거리던 조각들이 차츰 잠잠해지더니

색 바랜 낙엽처럼 적갈색으로 변해가기 시작했다.

"후읍!"

그때서야 신응담이 낮게 숨을 들이마시며 자하강기를 거둬들였다.

"오옷! 신 도사가 또 한 번 짐과 황궁을 구했어!"

어전시위들이 말릴 사이도 없이 황제가 태화전 안으로 성큼성큼 걸어 들어왔다.

하지만 신응담은 번쩍 손을 들어 만면에 웃음을 머금은 황제를 제지했다.

"아직! 조심하셔야 합니다."

신응담은 황제 쪽은 쳐다보지도 않고 바닥만 살폈다.

이런 종류의 사악한 기운들이 쉽게 소멸되지 않는다는 걸 얼마 전 똑똑히 경험했기 때문이었다.

반운산이 다리를 잃게 된 것도 다 이런 시기에 방심했기 때문.

"괜찮은 거 같은데? 그리고 신 도사가 있는데 뭘~!"

황제도 잠시 잠깐 긴장해 멈칫했지만 이내 별거 아니란 투로 다시 미소를 지으며 신응담을 향해 걸어오려고 했다.

"폐, 폐하! 위, 위험하다고 하지 않습니까."

헐레벌떡 그 앞을 막은 건 지휘사 주휘였다.

다른 어전시위들이야 감히 황제의 몸에 손을 댈 수 없었지만 지휘사 주휘는 달랐다.

황궁 전체가 발칵 뒤집히고도 남을 기괴한 일이 벌어졌으니 발 벗고 나설 수밖에 없었다. 평소 워낙 거침없이 행동하는 황제임을 잘 아는 터라 당장은 그를 제지할 수 있는 이가 자신밖에 없다는 것을 주휘는 잘 알고 있었다.

그는 황제가 더 이상 안쪽으로 들어서지 못하게 몸으로 막고 버텼다.

바닥 여기저기 죽어버린 벌레 조각 같은 것들이 떨어져 내린 곳에 황제의 옥체가 닿는 것을 필사적으로 막아 선 주휘.

츠춧!

그 순간 주휘의 발꿈치 쪽에 있던 작은 조각 하나가 망둥이처럼 튀어 올랐다.

"……!"

화들짝 놀란 신웅담의 검이 재빠르게 그놈을 베어버렸다.

하지만 잘린 조각 중 하나가 놀라 입을 쩍 벌린 주휘의 목구멍 속으로 툭 삼켜졌다.

"컥! 켁! 켁!"

주휘가 목울대를 움켜쥐며 토악질을 내뱉자, 신웅담의 검은 촌각의 망설임도 없이 주휘의 목울대를 향해 뻗어갔다.

그대로 목이라도 칠 기세.

"안 돼!"

황급히 막아선 것은 황제였다.

주휘의 목젖 앞에 닿아 있는 신웅담의 검이 멈칫거렸다.

"짐의 아우일세."

"……."

신웅담은 아무런 대꾸 없이 황제와 주휘를 번갈아 바라 봤다.

본능적으로 지금 당장 죽여야 한다는 생각이 치밀었지만, 상황이 그럴 수 없게 되어버렸다.

"켁! 켁! 케엑!"

그사이 주휘는 계속 목울대를 부여잡고 토악질을 했다.

이를 지켜보는 황제의 눈에 걱정이 한 가득 쌓여가는 것을 보며 신웅담이 나직하게 입을 뗐다.

"폐하, 밖으로 물러서십시오."

"하지만, 신 도사……."

"목숨을 빼앗지는 않을 것입니다."

신웅담의 굳은 눈빛과 목소리에 황제도 하는 수 없이 엉거주춤 뒤로 물러날 수밖에 없었다.

딱 보기엔 그저 사레 걸린 게 전부인 것 같은데 왜 저럴까 싶은 마음을 얼굴에 감추지 못한 황제였다.

그러거나 말거나 신웅담은 재빠르게 손을 움직였다.

타탁! 타타타탁!

주휘의 혈도를 집어 옴짝달싹 못 하게 만들어 버린 것.

켁켁거리던 주휘가 통나무처럼 온몸이 뻣뻣하게 굳어지자 물러선 황제가 다시 한 번 놀란 목소리를 토했다.

"신 도사!"

"걱정 마십시오. 점혈이란 것으로 만일을 대비하는 것뿐이옵니다."

"하지만……."

"곧바로 본산에 다녀와야겠습니다."

"……?"

"이 일에 대해 알고 계신 분을 모시러……."

일단 급한 조치를 취했으니 당장 태사조를 불러와야 한다는 생각이었다.

그 순간 돌덩이처럼 변해 있던 주휘의 입에서 나직하고 비릿한 웃음소리가 흘러나오기 시작했다.

"크크크큭!"

"……!"

"……!"

고개를 푹 숙인 채 어깨를 들썩이며 웃는 그 모습이 신웅담의 얼굴을 더없이 굳게 만들었다.

"부활했도다. 드디어……."

"……!"

무섭도록 긴장한 신응담의 얼굴. 하지만 주휘는 그런 신응담을 보며 길게 입꼬리가 길게 말려 올라갔다.

"또 화산이로구나. 크하하하… 이번엔 내 직접 끝장을 내주지."

第三章

무너진 산문과 담장을 보수하는 공사가 한창이라 화산파
의 분위기는 어수선할 수밖에 없었다.

거기다 천래궁주 요천과 무인흑교가 느닷없이 등장했다
사라진 후, 태사조 염호는 가타부타 말도 없이 자신의 거처
에서 코빼기도 비치질 않았다.

당연히 장로들이나 제자들이 싱숭생숭한 것은 말할 것도
없고, 꿔다놓은 보릿자루 신세가 된 연산홍이나 취성 등도
마냥 염호가 다시 모습을 드러내길 기다리며 시간을 보낼
뿐이었다.

그렇게 별청에 모여 있는 이들 중 가장 불안한 인물은 다른 누구도 아닌 사망림주 육조와 청방의 방주 홍괴불이었다.

돌아가는 사태가 하도 궁금해 항주를 떠나 화산 인근에 온 것이 전부였다.

그런데 태사조가 두 사람을 꼭 찍어 본산으로 불러올려 버린 것이다.

그래놓고는 며칠이 지나도록 아무 말도 없었다.

그렇다고 해도 중원삼성의 한 명인 취성이나 용천장의 장주인 연산홍마저 하릴없이 시간을 죽이고 있으니 육조나 홍괴불 정도가 감히 불만을 표시할 상황은 절대 아닌 것이다.

특히나 육조는 더욱 가시방석에 앉아 하루하루를 보내는 기분이었다.

이따금 마주치는 연산홍 때문에 제풀에 놀라 속이 뜨끔거리고 심장이 쿵 무너지는 기분일 때가 한두 번이 아니었다. 화산파 안에 머무는 것이 도산검림을 헤치는 것보다 몇 곱절은 더 힘들게 느껴졌다.

따지고 보면 육조가 이렇듯 화산파와 얽히게 된 모든 원인이 바로 용천장주인 그녀의 명령 때문이었으니 말이다.

어쨌든 육조는 마지막에 그녀를 배신하고 검신에게 붙어

먹은 과거가 있었다. 당연히 도둑이 제 발 저린 심정으로 연산홍을 슬금슬금 피할 수밖에 없는 것이 육조의 진짜 속 내였다.

매일처럼 그녀와 마주치는 것을 피하기 위해 일부러 끼니를 거르고 식당엘 가도 사람 없을 때를 철저히 피해가며 지냈다.

그러기를 며칠째. 점심때가 훌쩍 지나 식당으로 들어선 육조가 일순간 흠칫거린 뒤 재빠르게 몸을 돌렸다.

육조와 같이 온 홍괴불 역시 덩달아 몸을 휙 돌렸다. 홍괴불 또한 발을 빼야 할 상황에 직면했기 때문이다.

취성과 연산홍이 식당 안에 있었다.

육조가 연산홍을 불편해하는 것 이상으로 홍괴불 또한 개방의 취성이 무척이나 껄끄러웠다.

중원의 밤을 지배하는 흑회와 천하의 거지가 죄다 모인 개방은 대대로 이런저런 알력이 있어온 것이 사실. 그러니 이런 자리에서 개방의 태상 방주 취성과 동석하는 것이 홍괴불에게는 절대로 편할 리가 없는 것이다.

"홍 방주!"

두 사람이 동시에 몸을 돌린 순간 취성의 나직한 목소리가 들려왔다.

"이리들 오시게."

"……!"

홍괴불의 얼굴이 말도 못하게 굳어졌다.

세상에 알려진 일심무관의 관주가 아니라 '홍 방주'란 호칭으로 취성이 자신을 부른다는 것, 이는 이미 그가 자신의 정체를 속속들이 알고 있다는 의미였다.

홍괴불이 잔뜩 굳은 표정을 감추지 않고 천천히 뒤돌아섰다.

어쨌든 여긴 화산파 안이다.

똥개도 자기도 집에선 반은 먹고 들어간다고 했다. 아무리 상대가 취성이라 해도 그 이름값에 주눅 들지 않으려는 마음으로 눈에 힘을 빡 줬다.

순간 연산홍의 음성이 연이어졌다.

"무음살왕께서도 함께 자리하시지요."

"……!"

육조의 얼굴이 뜨악하게 변하는 순간이었다.

자신의 정체까지 파악하고 있다니.

물론 예전에 분명 한 번 만나긴 했다.

다만 그때는 분명 복면으로 얼굴을 가렸는데, 연산홍이 자신을 정확히 짚어내고 있는 것이다.

여태 그녀가 이미 다 알고 있는 줄도 모르고 정체를 발각당할까 싶어 그녀의 눈치를 보며 피해 다녔던 것이 더욱 찔릴 수밖에 없는 육조였다.

육조와 홍괴불이 식당 입구에서 잔뜩 굳은 얼굴로 서로를 마주 봤다.

"헐헐~! 뭘 그리 경계하고 그러는가?"

"그렇습니다. 사실 취성 어르신과 여기서 두 분을 기다리고 있었습니다."

연산홍이 그리 입을 열자 두 사람은 더욱 긴장한 얼굴이었다.

최근에 들어와서 화산파 때문에 위세가 많이 꺾였다지만 누가 뭐래도 상대는 용천장의 규중화였다.

그 규중화 연산홍과 중원삼성의 취성이 자신들을 기다리고 있었다고 하는데 긴장이 안 될 수가 없었다.

쭈뼛쭈뼛 탁자로 다가와 자리에 앉는 홍괴불과 육조.

다행히 취성이나 연산홍에게선 일말의 적대감도 느껴지지 않았다.

오히려 굉장히 친근하고 편안한 얼굴로 두 사람을 마주 보고 있지만, 그렇다고 경계심을 늦출 수는 없었다.

"먼저 차를 한 잔씩 올리겠습니다."

"……"

"……"

두 사람이 앉자마자 공손히 차를 따라주는 연산홍.

대용천장의 장주가 손수 따라주는 찻잔을 받게 된 두 사람은 당연히 좌불안석일 수밖에 없었다.

"이제 와서야 두 분께 감사하다는 인사를 드립니다."

연이어진 연산홍의 나직한 음성에 홍괴불과 육조는 당황하면서도 떨떠름한 표정이었다.

그녀한테 이토록 과분한 인사를 받을 만한 일을 한 기억이 전혀 없었기 때문이다.

연산홍이 환한 미소를 지으며 입을 뗐다.

"난주에서 백성들을 뗏목으로 구한 것이 다 홍 방주께서 내린 명령 때문이라더군요. 취성 어르신께 들었습니다."

벌써 한 잔 걸쳤는지 코가 벌겋게 달아오른 취성이 앞니 빠진 이를 훤히 드러내 보이며 웃었다.

"그거야, 본 파 태사조님의 명령이 있어서……."

홍괴불이 말끝을 흐리며 눈치를 살피자 연산홍이 다시 입가에 미소를 지어 보였다.

"물론 잘 알고 있습니다. 저 또한 염 공자님께 가장 고마운 마음을 지니고 있으니까요."

"……?"

"다만 그 이전까지 흑회란 조직을 업신여겼던 저와 용천장의 무례함을 이 자리를 빌려 정식으로 사과하고 싶어서입니다."

연산홍이 자리에서 일어서 공손히 포권을 취하며 머리를 숙였다.

홍괴불 역시 잠시 동안 당황했던 표정을 지우고 천천히 일어섰다.

그녀가 진심이라는 것을 모르지 않았기 때문이었다.

횡괴불이 뿌듯한 마음을 한껏 담아 포권으로 그녀에게 화답했다.

"홍 모는 연 장주께서 이리 말씀해 주시는 것만으로도 감읍할 따름이외다. 모쪼록 앞으로도 흑회의 식구들을 어여삐 봐주시길 부탁드리겠습니다."

홍괴불 또한 극상의 예로 대꾸하자 연산홍도 힘차게 고개를 끄덕이는 것으로 다시 한 번 화답했다.

그 후 연산홍의 시선이 천천히 육조를 쳐봤다.

"히끅!"

긴장하면 언제부터인가 버릇처럼 딸꾹질이 나오는 육조였다.

연산홍이 가벼운 미소를 머금으며 말문을 이어갔다.

"사망림과 무음살왕께 용천장이 그동안 참 많은 결례를 범했습니다. 그 또한 이 자리를 빌려 사과드리고 싶습니다."

"히끅! 아니… 저희가 뭘……."

육조는 어안이 벙벙한 얼굴로 제대로 말을 잇지 못했다.

흑회야 이번에 세상이 죄다 알 만한 큰 공을 세웠다지만 자신은 전혀 달랐다.

용천장의 궂은일을 대신 해주는 것으로 지난 세월 사망림이 연명해 왔다고 봐도 무방했다.

그녀가 눈만 한 번 크게 뜨고 콧바람만 살짝 불어도 납작 엎드려 벌벌 떨 수밖에 없는 것이 용천장과 사망림의 관계인 것이다.

그런데 용천장의 장주가 직접 사과를 한다?

'대체 뭘?'

"오랜 동안 유지되어 온 불평등한 관계로 살왕께서 많은 불편을 겪었음을 압니다. 이제 앞으론 동등한 입장에서 거래를 하고 싶습니다."

"에⋯⋯?"

"진심으로 살왕께 도움을 받고 싶습니다."

"⋯⋯."

여전히 육조는 얼떨떨한 표정을 지을 수밖에 없었다.

용천장주 연산홍이 자신에게 이렇게 저자세를 보일 이유가 전혀 없다고 여겼기 때문이었다.

"흘흘흘. 이보게, 림주!"

때마침 취성이 해죽 웃으며 끼어들었다.

"자네에게 도움받고 싶은 일이 뭐가 있겠나?"

"……?"

"흘~! 요천이 왔다 가지 않았나."

"설, 설마요?"

"왜 그러나? 검신 태사조와도 척하니 붙어 지낸 자네의 능력이면 요천이라고 안 될 게 뭐 있어?"

"히끅!"

"자네가 그 방면에선 당대 최고가 아니겠나?"

"히끅!"

"부탁드릴게요. 천래궁에 잠입해 아버님의 흔적만이라도 찾아주세요."

연산홍이 벌떡 일어서 처음보다 더욱 간절한 표정으로 예를 표하자 육조는 둔기로 한 대 맞은 표정을 지을 수밖에 없었다.

"히끅! 힉! 히끅!"

더불어 계속되는 딸꾹질.

사망림으로 들어온 의뢰라면 본 척도 하지 않았을 일.

그런데 용천장주가, 코앞에서 직접 머리까지 숙여가며 하는 부탁이었다.

단박에 거절하는 것조차 어려운 일.

육조의 눈알이 미친 듯이 굴러가기 시작했다.

이리저리 굴러가다 눈알이 튀어나올 것만 같았다. 반면에 육조를 바라보는 연산홍의 눈에는 너무도 큰 간절함이 가득했다.

그때 육조를 구원해 준 손길은 전혀 엉뚱한 곳에서 뻗어왔다.

"태사조님께서 찾으십니다."

탁자를 마주하고 있던 네 사람이 동시에 황급히 고개를 돌렸다.

일대제자 중 맏이인 송자건이 입구에 선 채 그들을 바라보고 있었다.

"네 분 모두 상청관으로 모시라는 전갈입니다."

입을 떼는 송자건의 얼굴에 안도감이 피었다.

그들을 찾아다니느라 고생이었는데 마침 한곳에 죄다 모여 있었기 때문이다.

송자건이 쌩하니 뒤돌아서자 그들 모두 재빠르게 일어서 그 뒤를 따라나섰다.

상청관 앞에 도착한 연산홍 등은 살짝 당황한 얼굴이었다.

전각 마당에 일대제자들이 모여 있었고, 몇몇 장로는 안으로 들어가지도 못하고 문밖에서 서성이고 있었다.

뭔가 분위기가 숙연하고 무거워 절로 긴장감이 느껴졌다.

송자건을 따라 상청관 안으로 들어선 연산홍 등은 다시 한 번 당황한 얼굴을 지어야 했다.

당연히 있을 줄 알았던 인물들이야 그렇다 쳐도 예상치 못한 이들이 자리하고 있었기 때문이다.

가장 상석에 있는 것은 당연히 태사조 염호였다.

그리고 그 옆으로 장문인 진무와 대장로 손괴가 좌우로 서 있었다. 반면 예상외의 인물 둘은 들것에 실린 채 바닥에 내려져 있었다.

반쯤 의식을 잃고 있는 모습의 파문제자 기 사형과 한쪽 다리가 잘린 상태로 역시나 들것에 실려 있는 반운산.

염호는 그 둘을 무거운 눈빛으로 내려다봤다.

연산홍과 취성, 육조와 홍괴불이 다가오자 염호가 툭 하니 입을 뗐다.

"나 좀 도와줘야겠다."

다짜고짜 이어진 염호의 말에 당황한 연산홍과 취성.

하지만 홍괴불과 육조는 반사적으로 귀를 활짝 열고 경청할 준비를 완벽히 끝낸 상태였다.

"사해(死海)라고 들어본 사람?"

"……?"

"……?"

고개를 갸웃거리는 와중에 육조의 얼굴이 묘하게 일그러졌다.

"칠대금지는?"

"……!"

"……!"

이번엔 모두의 얼굴이 한꺼번에 얼굴이 일그러졌다.

"애들을 고치려면 거길 좀 갔다 와야 된다."

"……."

"……."

상청관 안이 쥐 죽은 듯 조용해졌다.

"히끅!"

그 적막감을 깬 것은 육조의 딸꾹질 소리였다.

염호가 씨익 웃었다.

"역시… 니들 중 한 명은 꼭 가봤을 줄 알았다."

"히끅!"

육조는 도저히 치미는 딸꾹질을 멈출 수가 없었다.

자신을 바라보는 염호의 눈가에 어린 묘한 웃음이 짙어지면 짙어질수록 불길함이 전신을 엄습해 오는 느낌이었다.

육조와는 달리 느닷없는 이야기에 진무와 손괴 등은 눈

을 동그랗게 뜨고 염호를 바라보기만 했다.

칠대금지는 말뜻 그대로 강호의 무인들이 절대로 얼씬거려서는 안 되는 일곱 장소를 이르는 말이었다.

정확히 언제부터 그런 이름이 붙었는지 확실하진 않지만, 절대 침범해선 안 된다는 의미로 이름 붙여진 칠대금지에 강호인들은 서열까지 매겨가며 경원시했다.

제일금지로 불리는 곳은 마교 본산 십만대산 어딘가에 있다는 지저마궁(地底魔宮)이었다.

마교도들조차 그 위치를 모른다는 곳, 마의 시작이 그곳에서 유래되었다는 전설만 떠돌 뿐 실존하는지조차 제대로 알려지지 않은 곳이 바로 지저마궁이다.

제이금지는 북쪽 끝 얼음의 바다 아래 잠들어 있다는 한천빙궁(寒天氷宮)이며, 제삼금지로 불리는 곳은 열사의 사막 속 어딘가를 흘러 다닌다는 사사곡(死沙谷)이다.

제사금지는 남해의 망망대해 어딘가에서 이따금씩 목견된다고 전해지는 떠도는 섬 귀해도(鬼龜島)이며, 제오금지는 그 아름다움에 취해 한 번 발을 들이면 영원히 노예가 된다는 무산 신녀궁(神女宮), 제육금지는 온갖 독충과 기괴한 식물들이 사람을 뼈째로 삼켜 버린다는 운남 식혈림(食血林)이고, 마지막 제칠금지는 원나라 황실의 온갖 보물이 잠들어 있다는 야랑총(野狼塚)이었다.

마지막에 언급된 야랑총만 해도 무시무시한 기관진식으로 가득해 발을 들인 이 중 살아 나온 이가 없다고 전해져 오는 죽음의 무덤이다.

"어디어디 가봤어?"

"히끅!"

염호의 갑작스런 물음에 육조는 답도 제대로 하지 못하고 또다시 딸꾹질을 토했다.

"다른 데는 그 실력으로 힘들 테고, 식혈림 아니면 야랑총이겠네?"

"힉!"

육조는 저도 모르게 숨이 턱 막히는 소리를 내질렀다.

귀신이 아니고서야 대체 그것까지 어떻게 정확히 알까 싶은 마음에 염호가 더욱더 두려워질 수밖에 없었다.

과거 사망림주가 되기 위해 목숨을 걸고 칠대금지를 갔다 와야만 했다.

당시 경쟁자는 사사곡을 찾아 탑리목 사막으로 갔다가 영원히 돌아오지 않았다.

그런 사실을 몰라 한 곳도 아니고 두 곳이나 칠대금지를 헤맨 육조는 그야말로 간신히 목숨만 붙어서 돌아올 수 있었다.

처음 찾아갔던 야랑총은 벌써 누군가 털어가서 텅 비어

있어 눈물을 머금고 어쩔 수 없이 식혈림까지 갔다 와야 했던 것이다.

"잘됐다. 쟤 데리고 식혈림에 좀 갔다 와."

"넵?"

육조가 황당하단 표정으로 염호를 쳐다봤다.

식혈림이 무슨 옆 동네 야산도 아니고 어디 심부름 보내는 일처럼 말하니 그저 눈을 동그랗게 치뜰 수밖에 없는 것이다.

더군다나 한쪽 다리가 없는 화산파 제자를 가리키며 거길 데리고 갔다 오라니.

하지만 염호는 표정하나 변하지 않고 말을 이었다.

"삼목귀(三目鬼)가 그곳에 살았다. 그놈 거처에 가서 적당한 다리 하나 골라 붙여주면 끝."

"에엣……?"

삼목귀는 또 누구고, 다리를 갖다 붙이라는 말이 또 뭔가 하는 황당한 표정의 육조였다.

그런 육조를 대신해 개방의 취성이 눈을 동그랗게 치떴다.

"혹… 혹시? 삼목귀면 삼안신의(三眼神醫)를 말하시는……?"

"신의는 무슨! 그냥 정신 나간 돌팔이지. 남의 눈깔을 제 얼굴에 박고 다닌 놈이 제정신이겠어?"

염호의 톡 쏘아붙이는 말에 취성의 얼굴이 대번에 뜨악하게 변했다.

취성이 아주 꼬맹이 시절에나 들어봤던 이름이 바로 삼목신의였다.

그 별호처럼 이마에 박힌 눈까지 도합 세 개의 눈을 가졌다는 괴의이며 또한 신의로도 불린 인물.

잘린 팔다리를 붙이는 것은 예사요 숨만 붙어 있다면 누구라도 벌떡 일으킨다는 놀라운 의술과 기행으로 그 명성이 전설처럼 떠돌던 이가 바로 삼목신의였다.

그래 봐야 취성 역시 직접 본 적도 없는 까마득한 과거의 이름이었다.

"허허허, 검신 태사조께선 실로 대단하십니다. 그런 세세한 것까지 전부 소태사조께 일일이 가르치셨다니……."

감탄을 지우지 못하는 눈으로 염호를 바라보는 취성.

과연 강호를 위해 준비된 후기지수는 뭐가 달라도 다르다는 생각을 지우지 못하는 것이다.

그때 마냥 등 떠밀려 식혈림에 가게 될 처지에 놓인 육조가 황급히 입을 뗐다.

"태, 태사조님! 식혈림은 제 실력으로는 도저히… 더구나 몸이 불편한 제자분과 어떻게……."

육조가 반운산을 슬쩍 쳐다보곤 애원하는 표정을 짓자 염호가 살짝 눈살을 찌푸렸다.

"히끅! 그게 아니고……."

제풀에 놀라 기겁하는 육조를 향해 염호의 나직한 목소리가 이어졌다.

"누가 혼자 가래?"

"……."

"운남 천애고(天涯高) 알지?"

"네에?"

"거기 가서 사향림을 찾아."

"……."

육조는 또 한 번 꿀 먹은 벙어리 같은 표정으로 염호를 쳐다볼 수밖에 없었다.

운남 일대 대부분을 아우르는 대수림의 이름이 천애고였다.

얼마나 넓은지 거길 통과해 식혈림으로 가는 데만 해도 족히 석 달이 걸렸다.

그런데 거기 대수림에서 다시 사향림이란 곳을 찾으라고?

"거기 가면 야도 그놈 있어."

"……!"

"좀 도와달라고 해. 내가 시켰다고 하고."

"히끅! 히끅! 히끅……."

"말 안 들으면 지천(止天) 안 가르쳐 준다고 해. 그럼 알아서 할 거야."

"……."

멍하니 염호를 쳐다보는 육조는 너무 놀라 대꾸도 제대로 하지 못했다.

반면 화산에 잠시 잠깐 머물렀던 방갓인이 남도련주 야도임을 미리 언질받았던 진무나 연산홍 등은 조금도 놀란 표정이 아니었다.

오히려 감탄한 듯 절로 고개를 끄덕였을 뿐이다.

꼭 이런 때를 미리 대비한 것처럼 멀고 먼 운남까지 미리 야도를 보내놓은 그 철두철미함에 깊게 감복할 수밖에 없었다.

야도가 돕고 사망림주가 함께한다면 식혈림을 통과하는 것도 불가능한 일만은 아닐 터.

"태사조님!"

"저희가 직접 운산이를 위해……."

여태 염호와 다른 이들의 대화를 가만히 지켜보던 진무와 손괴가 조심스럽게 말문을 열었다.

하지만 염호는 뚱한 얼굴을 짓더니 딱 잘라 말했다.

"안 돼! 니들은."

"하오나……."

"본산제자의 일을 어찌 외인에게……."

진무와 손괴가 거의 동시에 반발하며 입을 떼자 염호가 와락 일그러진 얼굴로 차갑게 대꾸했다.

"할 일 있어."

"……."

"……."

"장로들 전부 짐 싸서 정풍곡으로 들어가."

"……!"

"……!"

그 말에 가장 놀란 것은 여태 상청관 입구에 뻘쭘하게 서 있던 일대제자 송자건이었다.

정풍곡이 어디인가.

검신 태사조에게 일대제자들만 따로 철야고행이라 불린 무지막지한 수련을 받았던 곳이 아닌가.

그런 정풍곡으로 장문인과 장로들을 불러들인다는 의미가 무엇이겠는가.

"공력만 높으면 뭐해? 제대로 싸울 줄 아는 놈이 없는데……."

"……."

"……."

진무와 손괴는 차마 대꾸도 제대로 못하고 황망하게 머리 숙였다.

본산을 이끌어야 할 장문인과 대장로의 위치에 있는 두 사람이지만 감히 항변조차 하지 못한 것이다.

이번 하산에서 수많은 위기를 겪었고, 그때마다 자신들을 도운 것이 눈앞의 태사조임을 잘 알기 때문이었다.

더군다나 제자 하나 제대로 건사하지 못해 불구의 몸을 만들었으니, 정풍곡으로 들어가 있으란 명령에 감히 토를 달수가 없는 두 사람이었다.

"더 할 말 있는 사람?"

그 찰나에 연산홍과 취성의 입술이 달싹거리긴 했지만 두 사람도 분위기를 눈치채고 더는 입을 열지 못했다.

육조야 입이 삐쭉 나와 있지만 감히 항변하지 못했고, 홍괴불은 외려 별일 없이 나가게 된 것에 대해 안도하는 얼굴이었다.

진무와 손괴, 송자건은 당연히 입에 자물쇠를 채운 것 같은 표정이었고…….

"다들 나가."

침울한 분위기 가운데 염호의 목소리가 다시 들려오자 쭈뼛거리며 하나둘 상청관 밖으로 발걸음을 옮기기 시작했다.

"그 녀석은 놔두고."

진무와 손괴가 기 사형을 밖으로 옮기려다 흠칫했다.

조심스러운 눈으로 염호를 쳐다봤지만 염호는 굳은 얼굴로 가만히 들것에 누운 기 사형의 얼굴만 바라봤다.

"저, 이분은……."

진무가 조심스레 입을 열려다 염호의 그윽한 눈빛을 보더니 말문을 닫았다.

기 사형의 과거에 대해서 제대로 전달한 적이 없어 잠시 걱정스런 마음이었다.

그런데 그 눈빛을 보니 저간의 사정을 누군가에게 들은 것을 알 수 있었다. 그럼에도 외인인 기 사형을 홀로 두고 나가려니 이런저런 근심이 드는 것도 사실이었다.

그렇다고 감히 태사조에게 항명할 수도 없는 일.

하는 수 없이 염호에게 공손히 예를 취한 진무와 손괴도 조심스런 걸음으로 밖으로 향했다.

너른 상청관 대전 안에 둘만 남게 되자 염호가 조용히 입을 뗐다.

"눈떠."

"……."

"깨 있는 거 아니까 눈떠."

여태 혼절한 듯 누워 있던 기 사형의 눈썹이 파르르 떨리더니 그 눈이 조심스럽게 열렸다.

염호의 모습을 확인한 기 사형의 눈이 온갖 복잡한 심경으로 뒤엉켰다.

이제 고작 열대여섯 소년으로 보이는 화산파의 태사조.

과거라면 고민할 것도 없이 황급하게 대례를 올리며 제자의 본분을 다했을 것이지만, 자신은 이제 파문의 형벌을 받은 신분이었다.

화산파 문도가 아닌데 나이 어린 화산파의 태사조를 앞에 두고 어찌 행동해야 할지 쉬 판단할 수가 없는 것이다.

"쯧~! 뭘 그리 눈알을 굴릴까."

"......!"

"나 꽉 막힌 사람 아니야. 편하게 대해."

염호의 말투에 기 사형이란 인물은 뭔가 이상한 위화감을 느꼈다.

분명 겉모습은 앳된 것이 분명한데 그 말투가 묘하게 어긋나 있다는 느낌을 받은 것이다.

그저 태사조란 자리 때문에 얻은 것이 아닌 세월의 깊이가 짙게 묻어난 연륜 같은 것이 느껴진 것이다.

화산파 장로와 제자들이야 세상모르고 산속에 처박혀 살아왔다지만, 험한 강호의 풍파를 온몸으로 구르고 굴러온

그로선 충분히 알아챌 수 있는 것들이었다.

그렇기에 더욱 심경이 복잡해지는 기 사형을 향해 염호의 나직한 목소리가 이어졌다.

"네놈이 장평이 그 아이 사부였다고?"

"……!"

기 사형이 눈을 부릅떴다.

그 또한 이미 알고 있는 이야기였다.

장평의 죽음으로 인해 남도련이 지워졌다는 것.

검신 태사조는 천하에 이를 공표하며 다녔다.

북검회에 숨어 지낸 시절의 일이었지만 천하를 뒤흔든 그 사건을 전해 듣지 않을 수 없었다.

"미안하다."

"……?"

"네 녀석한테는 참 미안하구나."

"……."

"잘 키운 아이였다. 나와는 특별한 인연이 있었고……."

염호의 눈가에 그늘이 드리우는 그때 기 사형의 눈동자가 걷잡을 수 없이 떨리기 시작했다.

검신이 죽은 후에야 화산으로 찾아왔다는 어린 태사조가 어찌 죽은 장평과 인연이 있을 수 있겠는가.

도저히 시간의 터울이 맞지 않았다.

"사지근맥이 잘린 몸으로 이만큼 오기까지 얼마나 고통스런 세월을 살았누…….

기 사형을 바라보는 염호의 눈이 애틋했다.

그와 똑같은 형별을 받아보았으니 그 고통을 너무나 잘 아는 탓이었다.

"서… 설마……? 거… 검신……!"

기 사형은 덜덜 떨리는 음성을 내뱉다 아예 턱이 빠져 버린 듯한 모습이었다.

"내가 누군지가 뭐가 중요할까…….

"……."

"제도수형… 그 끔찍한 짓을 당한 몸으로 이만큼 되기까지 많이 힘들었겠구나."

기 사형을 바라보는 염호의 눈가도 잔잔히 떨렸다.

사지근맥이 잘리고 단전까지 완전히 망가뜨려 영원토록 무공을 쓸 수 없게 만드는 형별이 바로 제도수형이다.

무인들에게 이는 단번에 목이 잘리는 것보다 더욱 두렵고 무서운 벌이며, 염호 또한 그 제도수형을 당한 채 수십 년이나 토굴에 갇혀 지내야 했던 과거가 있었다.

그런 꼴을 하고도 오직 무공을 되찾아 복수하겠다는 일념으로 매일같이 원수 한호의 이름을 씹어 삼키며 용을 썼던 기억들.

하지만 결국 포기하고 말았다.

멀쩡히 팔다리를 움직일 정도는 되었으나, 천살마군 시절의 힘을 되찾을 수는 없다는 것을 받아들일 수밖에 없었던 것이다.

그 후로도 한참의 세월이 흘러 어린 진무를 만나고, 조화와 상생의 의미를 깨달아 탈태환골의 기연을 얻을 수 있었다.

그럼에도 분명한 것은 염호 스스로의 노력과 수련으로 제도수형을 극복한 것은 아니라는 사실이었다.

그것은 그저 기연이란 말로밖에 설명할 수 없는 그런 종류의 일이었다.

그런데 눈앞의 기 사형이란 이는 그걸 해낸 것이다.

'흐음… 백 년 이내 제일가는 천재라더니……'

예전에 일대제자들이 말했을 때는 그저 흘려듣고 넘긴 말들이었다.

그래 봤자 기울어가는 화산파 안에서 지 혼자 잘났다고 방방 뛰며 난리를 피우다 쫓겨난 인물 정도라고 여겼다.

"하단전을 대신해 중단전과 상단전을 열다니… 솔직히 많이 놀랐다."

염호가 지그시 바라보며 말문을 열자 기 사형은 감히 눈을 마주치지 못하고 머리를 조아렸다.

아무리 파문제자의 신분이라지만 눈앞에서 화산파의 전설적 기인인 검신 태사조를 마주하게 된 상황이었다.

그것도 무려 반로환동을 한 검신 태사조가 정체까지 밝힌 상황.

기 사형은 힘겹게 상체를 일으켜 세운 뒤 다시 무릎을 꿇었다.

쉴 새 없이 떨리는 눈길로 염호를 바라보며 천천히 대례를 올리는 기 사형.

"소인은, 기가 성에 도영이란 이름을 지녔사옵니다."

염호는 힘겹게 바닥에 머리를 조아리는 기 사형을 그저 지켜보기만 했다.

"또한 소인은 지난날 화산에 씻을 수 없는 죄를 짓고 파문의 형을 받았사옵니다. 소인은 화산의 죄인이옵니다."

기 사형은 독백처럼 나직하게 읊조린 뒤에도 감히 고개를 들지 못했다.

염호는 그런 기 사형을 오래도록 말없이 지켜보기만 했다.

기 사형이란 이 역시 엎드린 그 모습 그대로 마치 깊은 잠에 든 것처럼 오래도록 움직이지 못했다.

오직 두 사람만이 자리한 상청관 안은 시간이 멈춰 버린 듯한 고요가 한참이나 이어졌고, 그 침묵은 염호의 나직한 음성으로 인해 깨져 나갔다.

"어떻게 해줄까?"

"……."

"돌아오고 싶으냐? 내가 그렇게 해줄까?"

"……!"

머리를 조아린 모습 그대로 기 사형의 온몸이 부르르 떨렸다.

"어… 어찌… 감히……. 그럴 수는, 없습니다."

도리질을 치는 기 사형의 입에서 흘러나온 단호한 목소리.

염호는 또 한동안 말없이 그런 기 사형을 바라보다 속으로 나직하게 혀를 찼다.

'쩝! 이 바보같이 착해 빠진 놈들을 다 어찌해야 하나…….'

화산파 내규에 대해 이제는 누구보다 잘 아는 것이 염호였다.

한호 흉내를 내겠다고 틈만 나면 서고에 틀어박혀 온갖 서책을 읽어댔으니, 시시콜콜한 화산파의 과거사부터 아주 사소한 문규와 조항들까지 죄다 꿰차고 있는 것이다.

"화산의 문규에 이런 구절이 있지?"

"……."

"본 문의 중흥과 위난 극복에 지대한 공이 있다고 여기는 자에게 속가의 지위를 허락한다."

"……!"

"또, 다른 항목에 이런 것도 있다. 속가문하 중 화산의 비전절예를 전승받은 이는 일대에 한 해 본산의 항렬과 동등한 대우를 받는다."

"……!"

기 사형이 또 한 번 부르르 몸을 떨며 천천히 고개를 들어 올렸다.

오랜 세월 전 파문을 당했으나 화산파의 내규를 잊지 않았음은 당연했다.

당연히 염호가 말한 두 문항 역시 똑똑히 기억하는 것이었다.

하지만 자신에게 해당될 수 있는 사항은 절대 아니었다.

화산과 전혀 관련 없는 외인들에게나 통용될 수 있는 잣대일 뿐.

"파문을 당했으면 남이잖아. 뭐가 문제야?"

"……."

"거기다 이번에 애들 목숨도 구해줬고. 너 아니었으면 죄다 큰일 날 뻔했다며? 그 정도 공이면 속가로 인정해도 되잖아?"

"하… 하오나……."

"그리고 나한테 무공을 배워."

"……?"

기 사형은 당황한 얼굴로 염호를 올려다봤다.

본산제자가 파문이 되었다가 속가로 들어가는 것만 해도 역사상 유래가 없는 일이었다.

스스로도 너무 황망해 감히 받아들일 수 없는 일이 분명한데 검신 태사조가 직접 무공까지 가르쳐 준다고 하는 것이다.

"그, 그럴 수는 없습니다. 어르신의 은혜는 하늘과 같사오나… 소인은 한낱 화산파의 죄인일 뿐입니다."

기 사형의 눈은 다시 결연하게 변했다.

아주 잠시 잠깐 화산에 돌아올 수 있다는 꿈을 꾸었으나 그것이 터무니없는 욕심이라는 것을 그 짧은 순간 깨달은 것이다.

자신의 손으로 사숙들을 죽였고 많은 사형제까지 부상을 입혔다.

아무리 입마에 들어 벌인 일이라고 하지만 그것이 세월이 흐르고 작은 공을 몇 개 세웠다고 해서 상쇄될 수 있는 성질이 아님을 스스로 너무나 잘 아는 것이다.

"소인은… 그저… 이렇듯 살아 다시 화산의 땅을 밟은 것으로 족하옵니다. 부디 말씀을 거둬주십시오."

기 사형이 다시 한 번 머리를 쿵 하고 바닥에 박았다.

하지만 염호는 살짝 일그러진 표정으로 낮게 혀를 찼을 뿐이다.

"쯧! 참… 이놈이나 저놈이나……."

"……."

"무공이 하나 있다."

"……?"

"네 녀석 때문에 일대제자도 아니고 이대제자도 아니라 매일 겉돌아야 했던 그 장평이 놈이 하도 졸라대서 만든 무공이다."

기 사형이 흠칫하더니 천천히 고개를 들어 올렸다.

염호가 무엇을 언급하고 있는지 알 것 같았다.

처음 그 시절만 해도 혹 하나를 안겼다고 얼마나 많은 원망을 쏟아냈는지 몰랐다.

힘겹게 갓난아이를 업고 산 아래로 동냥젖을 먹이러 다녔고, 하루하루 시간이 지나면서 자신을 보며 배시시 웃는 그 아이가 하도 예뻐서 눈에 넣어도 아프지 않을 정도가 되어버렸다.

매일처럼 추궁과혈로 기틀을 잡아주며 먼 훗날 화산의 기둥이 되어줄 것을 소망하던 아이.

자신이 파문당한 후 그 아이가 어찌 살았는지는 염호의 몇 마디 말로도 충분히 느껴져 가슴이 후벼파는 것처럼 아팠다.

그에게 장평은 화산만큼이나 사무치는 이름인 것이다.

"산화무영수니라."

"……."

"오직 그 아일 위해 만들었으니 이 하늘 아래 그 아이만 익힐 자격이 있는 무공이다."

"어… 어르신……."

"그 아이에게 진 마지막 빛을 갚자. 너나 나나, 그 아일 지켜주지 못했지 않느냐?"

"……."

기 사형은 더 이상 아무런 말도 할 수가 없었다.

장평의 넋을 달래기 위해 남도련을 해체시켰다는 소문 안에 분명 약간의 과장이 섞였을 것이란 생각을 했었다.

하지만 그 생각이 틀렸다는 것을 느꼈다.

눈앞에서 있는 태사조, 그가 얼마만큼 그 아일 예뻐했는지 절절히 느껴져 왔다.

더불어 지난날 자신이 벌인 잘못들이 더욱 큰 아픔으로 폐부를 찔러왔다.

자신은 그저 내버리고 떠났던 무책임한 아이가 장평임을

상기했으니…….

"흐흑!"

기어코 참고 있던 눈물이 터져 나왔다.

다 늙어버린 얼굴 위로 쏟아져 내리는 눈물을 도저히 주체할 수가 없었다.

염호는 그저 그가 애써 소리를 눌러 참으며 오열하는 것을 오래도록 지켜보기만 했다.

한참이나 계속된 그의 흐느낌이 서서히 잦아들었을 때서야 염호의 입에서 나직한 목소리가 흘러나왔다.

"과거란 이미 흘러간 것이다."

"…….."

"남은 날을 살아. 그 아의 몫까지 대신해…….."

염호는 그 말만을 남긴 채 발걸음을 옮겼다.

상청관 문을 활짝 열고나선 염호.

기다리던 화산파 문도들이 일제히 염호를 보며 공손히 예를 차렸다.

"화산 태사조의 이름으로 명한다."

다짜고짜 입을 떼는 염호. 그 서슬 퍼런 분위기에 모두가 황급히 자세를 바로하고 염호를 올려다봤다.

"본산의 위난 앞에 발 벗고 나서 살신성인을 마다하지 않은 이가 있다. 마땅히 그에게 본산 속가의 위를 허락하

노라."

염호의 우렁우렁한 음성에 진무를 비롯한 장로들의 얼굴에 환한 웃음꽃이 절로 피어올랐다.

선대가 내린 벌을 후대가 뒤집을 수 없다는 내규 때문에 도저히 어찌할 방도를 찾을 수 없던 것이 기 사형의 일이었다.

하지만 염호의 배분은 그 벌을 내린 선대보다 훨씬 윗줄이었다.

바짓가랑이를 붙잡고서라도 부탁하고 싶었던 것을, 속을 들여다본 것처럼 명쾌하게 처리해 주니 그저 고맙고 기쁠 따름이었다.

하지만 거기서 끝난 것이 아니었다.

"아울러 속가제자 기에게 나는 화산파 비전절에 산화무영수를 전수할 것이다."

"……!"

"……!"

"이는 내 사부의 독문무공, 기는 산화무영수의 당대 계승자이니 본산제자들은 합당한 예로 그를 대해야 할 것이다."

"크흑!"

"큭!"

"기 사숙!"

여기저기 봇물 터지듯 격정 어린 울음이 터져 나왔다.

장문인 진무 역시도 눈물을 찍어내며 하늘을 올려다봤다.

이건 더 바랄 것도 없이 완벽한 일이었다.

푸르게 펼쳐진 하늘을 한참이나 바라보던 진무의 입에서 나직하지만 기쁨의 감정이 담뿍 담긴 음성 한 줄기가 흘러나왔다.

"참으로~ 좋은 날이로구나."

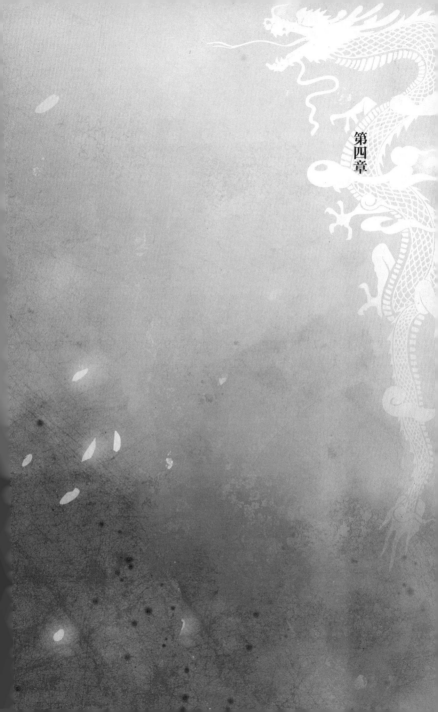

第四章

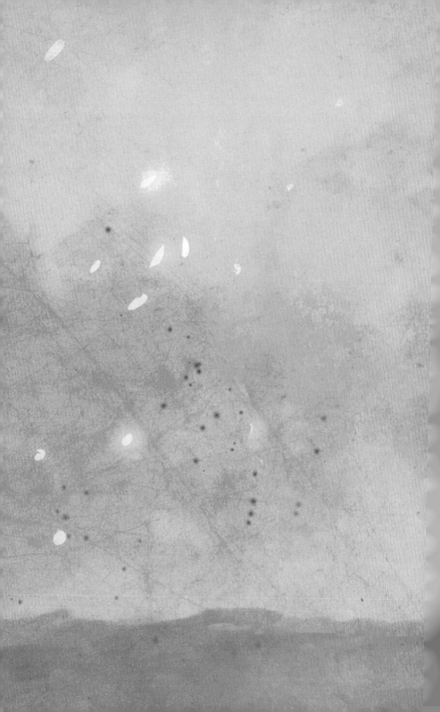

어스름하게 땅거미가 내려앉는 협곡 안으로 긴 한숨 소
리와 탄식 섞인 음성들이 연이어 들려왔다.

　"휴～"

　"에고에고……."

　"아하～ 벌써 해가 지는구나……."

　먼지가 잔뜩 묻은 도포를 입고 피곤에 찌든 얼굴을 한 화
산파 장로들이 여기저기 아무렇게나 걸터앉은 채 서서히
저물어가는 하늘을 바라보고 있었다.

　"전에는 왜 몰랐을까. 이렇게 하루해가 짧다는 것

을……."

대장로 손괴가 연화봉 너머 검붉게 변해가는 하늘을 보며 회한 가득한 음성을 내뱉었다.

"밤이 엄청나게 길다는 것도 모르셨지요?"

옥허궁의 서림이 말을 건넸지만 손괴는 대꾸할 힘도 없다는 표정으로 입을 꾹 다물어 버렸다.

"오늘 순번이 대장로와 장문진인이 아닌가?"

평소 말수가 거의 없는 남천관주 대종해가 한마디 하고 나서자 서림이 멋쩍은 표정을 지었다.

딴에는 무겁게 가라앉은 분위기를 바꿔보려 한 것인데 오히려 더 침울하게 만들어 버린 것이다.

아니나 다를까 멍하니 하늘을 보고 있던 손괴가 격하게 몸을 떠는 게 보였다.

"힘을 내십시다. 일대제자들도 견뎌낸 수련이 아니겠습니까?"

장로 중 셋째인 범중이 나서자 다들 힘겨워하면서도 묵묵히 고개를 끄덕였다.

본산제자들 사이에 철야고행이라 이름 붙어 있는 정풍곡의 수련이 벌써 열흘째 접어들었다.

직접 겪고 나서야 장로들 모두 확실히 깨우칠 수 있었다.

일대제자들이 정풍곡 수련 몇 달 만에 왜 그렇게 일취월 장의 실력을 지닐 수 있게 되었는지를.

초죽음 직전까지 몰아붙이는 태사조의 살기 어린 수련. 그건 내공이 아무리 높고 검강 같은 걸 펼칠 수 있다고 버 텨낼 성질의 것이 절대 아니었다.

선광우사니 매화팔선이니 하는 명호를 얻고 우쭐했던 생 각들은 첫날밤을 겪고 까맣게 지웠다.

자신들의 무공 증진을 위해 수고하시는 태사조에 대한 고마움 같은 것도 이제는 깡그리 사라져 버렸다.

손가락 하나 까딱할 수 없을 정도로 혹독한 밤을 보내 고 나면 남은 것은 오직 살아서 버텨냈다는 안도감뿐이었 다.

"이런 건 막내한테나 딱 어울릴 수련인데……."

장로 유학선이 부러우면서도 아쉬움 가득한 음성을 토하 며 신웅담을 떠올렸다.

"하긴… 막내라면 좋아했을 수도……."

"그렇지요? 평생 무공에 미쳐 살았으니까요."

"대체 우리는 그동안 무얼 했던 거지?"

"……."

"……."

"기 사형마저도 평생 무공을 궁구하며 오늘을 맞았거

늘……."

장로 범중의 나직한 목소리를 끝으로 다들 힘없이 고개를 떨궜다.

평생을 침정궁에 박혀 검만 갈아온 신응담이나 제도수형과 파문의 형을 받고도 무공을 회복한 기 사형을 떠올리자 더없이 부끄러운 마음이 찾아들 수밖에 없었다.

반면 검신 태사조의 '한 방'에 의해 임독이맥을 타통하고 막강한 내공에 의지해 의기양양했던 지난날의 자신들이 너무나 후회됐다.

"해가 졌구나. 슬슬 준비를 해야지요……."

무겁게 가라앉은 침묵 속에 여태 죽은 듯이 자리하고 있던 진무가 천천히 몸을 일으켰다.

손괴 역시 맥없이 걸터앉아 있던 바위에서 힘겹게 '끙' 소리를 내며 일어섰다.

"장문사제."

손괴가 진무를 나직하게 불렀다.

"예."

"우리 오늘은 옷깃이라도 한번 건드려 보세."

"겨우 그걸로 되겠습니까? 살갗이라도 한번 베어봐야지요."

"하하하! 알았네. 알았어."

손괴가 지친 얼굴을 지우고 입가에 미소를 짓자 진무 역시 환하게 웃었다.

"오늘도 잘 부탁합니다, 대사형."

"나야말로, 장문사제."

두 사람의 나직한 대화를 듣는 장로들 모두 조금 놀란 얼굴이었다.

장문의 자리에 앉은 이후 수십 년 만에 진무가 손괴를 대사형이라 불렀기 때문이다.

그걸 또 자연스럽게 받아들이는 손괴를 보니 오래전 기억들이 새록새록 떠오르는 기분이었다.

함께 어울려 밤낮없이 수련하며 무공에 열의를 불태우던 시절이 있었다.

저마다 화산의 중흥이 자신의 어깨 위에 있다고 철썩같이 믿으며 다른 사형제 몰래 밤을 새워가며 무공을 수련했던 때.

진무와 손괴의 대화를 듣고 있자니 마치 세월의 수레바퀴를 거슬러 그때의 젊음으로 되돌아간 느낌이었다.

"흠흠! 우리도 미리 합을 좀 맞춰보겠나?"

장로 범중이 슬쩍 자리에서 일어서며 입을 떼자 대종해가 기다렸다는 듯 고개를 끄덕이고 일어섰다.

"우리도?"

"당연한 말을……!"

유학선과 서림이 짝을 이루자 다른 장로들 역시 전부 일어서 투지를 불태우기 시작했다.

"차라리 따로 검신무를 익혀보는 건 어떨까?"

"아! 그거 좋은 생각입니다."

서림과 유학선의 대화가 흘러나오자 각기 짝을 이룬 장로들의 눈이 번뜩였다.

강한 적을 상대하기에 그야말로 최적화된 합격진이 이대와 삼대제자들이 펼치는 검신무였다.

이인일조, 공방 일체의 검신무의 위력은 숱하게 증명된 바 있다.

그걸 장로들이 체득하여 펼친다면 매화검진을 뛰어넘는 위력을 보일 수 있다는 생각이 든 것이다.

"좋은 생각이군."

"흐음, 확실히 나쁘지 않아."

"하지만 누가 검신무를 알아야 하지 않습니까? 보기는 여러 번 봤지만……."

"걱정 마시게. 초식은 이대 것이나 삼대 것이나 각기 따로 익혀두었으니."

"오오? 범 장로! 막내 못지않은 무공광인 자네를 잊었구먼. 그 덕을 톡톡히 보겠어."

"자자, 이렇게 아니라 익혀들 봅시다. 금쪽같은 시간이 아니겠습니까."

"내 차례가 오면 반드시 태사조께 한 방 먹이고 말 것입니다."

서림의 음성을 끝으로 장로 범중이 무공 시연을 위해 앞으로 나섰다.

언제 침울했냐는 듯 정풍곡 안으로 활기가 넘쳐나기 시작한 것.

그때였다.

"먹이긴 뭘 먹여?"

"헉!"

서림은 숨이 막힐 것 같은 표정을 지으며 돌덩이처럼 굳어졌다. 다른 장로들 역시 마찬가지.

태사조 염호의 목소리가 느닷없이 들려왔기 때문이었다.

"태사조님……."

범중을 중심으로 원을 그리며 서 있던 장로들 가운데 진무가 황급히 염호를 맞았다.

그러면서도 약간은 당황한 표정을 감추지 못했다.

평소 해가 떨어지고 반 시진 정도가 지나서야 찾아오던 태사조가 너무 빨리 정풍곡을 찾아온 것.

휘적휘적 진무를 향해 걸어오던 염호가 우뚝 멈추더니

협곡 아래쪽을 향해 휙 고개를 돌렸다.

"빨리 안 올라와."

"넵!"

잠시 뒤, 헐레벌떡 등에 한 보따리 짐을 메고 누군가가 정풍곡 안으로 모습을 드러냈다.

"기 사형!"

진무가 가장 먼저 놀라며 이름을 부르자 기 사형은 황망한 듯 다른 이들의 눈을 마주치지 못하고 고개를 주억거렸다.

"쯧! 속가제자 주제에 장문한테 인사도 안 해?"

"헙!"

헛바람 같은 숨소릴 토한 기 사형이 황급히 자세를 바꿨다.

"속가제자 기영도가 장문진인과 장로진인들을 뵈옵니다."

"……."

"……."

기 사형의 인사에도 불구하고 진무나 장로들 모두가 멍한 얼굴로 고개를 갸웃할 수밖에 없었다.

기 사형이 무슨 예법을 어겼다거나 혹은 정풍곡을 찾아올 수 없는 신분이라는 이유 때문이 아니었다.

기 사형의 얼굴이 딱 봐도 피죽 한 그릇 못 먹은 듯 해쓱해진 데다 입고 있던 옷은 넝마처럼 너덜너덜했기 때문이다.

거기다 태사조의 말 한마디에 움찔거리는 그 모습까지.

"기초는 다 가르쳤으니, 앞으로 이놈도 여기서 수련할 거야. 불만 있어?"

"헙! 불만이라니요!"

"본 문 비전절예의 계승자인데 함께 수련하는 것이 안 될 이유가 없습니다."

진무와 손괴가 알아서 대답하고 정리하자 염호가 고개를 끄덕인 뒤 기 사형을 툭 앞으로 밀었다.

갓 징집된 병사마냥 어수룩한 모습으로 장로들 사이로 들어가는 기 사형을 보며 염호가 한 소리를 더했다.

"어색해할 것 없어."

"……"

"그런 생각 같은 걸 할 틈도 없을 테니까."

염호의 나직한 목소리가 정풍곡 안을 울리자 기 사형을 비롯한 장로 모두 흠칫 몸을 떨었다.

조금 전 비장한 각오들은 어디로 갔는지 온몸이 기억하는 고통에 절로 반응이 오는 것이다.

염호가 그런 장로들을 보며 속으로 혀를 찼다.

'쯧~! 아직 멀었구나.'

"다 일루 모여."

염호의 말에 쭈뼛거리던 장로들이 천천히 다가오자 염호가 버럭 목소리를 높였다.

"얼른 안 와!"

후다다닥!

번개처럼 염호 앞으로 도열한 진무와 장로들. 기 사형 역시 그 옆에 엉거주춤 서 있었다.

"앉아."

차차차차착!

"무릎 꿇지 말고, 편히 앉아."

장로들이 화들짝 놀라 이렇게 저렇게 자세를 바꾸는 동안 염호 역시 그들 앞에 턱 하니 걸터앉았다.

이런 적은 또 처음이라 모두가 잔뜩 긴장한 얼굴로 염호를 쳐다보는 그때, 염호의 입에서 예기치 못한 말이 흘러나왔다.

"당분간 대련은 없다."

"……!"

"……!"

"검신무인가 뭔가 익혀봐. 깨닫는 게 있을 테니까."

"헉!"

"힉!"

도대체 언제부터 들었는지 모르지만 장로들이 죽이 맞아 짝짜꿍하는 걸 다 알고 있었던 것이다.

"누가 만들었는지 대단한 무공이지."

"……."

"한 방 먹일 수 있을 것 같으면 언제든지 얘기하고!"

"헉!"

염호가 꼭 찍어 지그시 바라보는 눈길에 서림은 바들바들 떨 수밖에 없었다.

"그래, 서림이, 너 나와봐."

도살장에 끌려가는 소처럼 엉거주춤 일어서 염호를 향해 다가오는 서림의 얼굴은 파랗게 질릴 수밖에 없었다.

"안 죽여!"

버럭 목소릴 높인 염호, 반면 그 손이 재빠르게 서림의 혈도를 짚어갔다.

타탁! 타타타탁!

앉지도 서지도 않은 이상한 자세로 굳어버린 서림이 눈 알만 이리저리 굴렸다.

장로들 또한 당황하긴 마찬가지.

"기본적인 점혈이다. 누구 풀 수 있는 사람?"

염호의 말에 장로들이 서로의 눈치를 보다 한마음으로

유학선을 가리켰다.

점혈 수법에 관해서는 그가 가장 뛰어남을 알기 때문이다.

유학선 역시 엉거주춤 일어서 염호와 서림 쪽으로 다가왔다.

타탁! 타타타탁!

번개처럼 몇 군데 혈을 점하는 유학선의 손길.

"허헉!"

쉽게 혈도가 풀리자 서림이 참았던 숨을 토했다.

그 순간 다시 염호의 손이 번개처럼 움직여 서림과 유학선을 짚어갔다.

잠시의 여유도 없이 두 사람 모두 혈도가 점해진 채 다시 돌덩이처럼 굳어진 것.

"제혈폐맥, 조금 전 보다 조금 어려운 거지. 진무야, 이 정도는 풀 수 있지?"

"네? 네… 태사조님."

진무가 엉거주춤 일어서 두 사람의 혈을 푼 뒤 잔뜩 경계하는 눈으로 염호를 바라봤다.

태사조가 대체 뭘 하려는지 모르나 곧바로 공격해 올 것이라는 것은 충분히 짐작했기 때문이었다.

순산 염호가 입기에 묘한 미소를 머금었다.

앉은 자세 그대로 염호의 양손이 천천히 올라갔다.

나비가 날갯짓을 팔랑이듯 너울지며 흔들거리기 시작한 염호의 손길, 그 잔잔한 떨림이 장로들의 눈을 번쩍 치켜뜨게 했다.

직접 보지 못하고 그저 제자들의 입으로만 전해 들을 수 있었던 무공 산화무영수였다.

칠절패도 여양종을 때려죽였다는 바로 그 무공.

모두가 놀라 잠시 잠깐 멍한 눈이 되었을 때 염호의 흔들리던 손길이 순식간에 수십 개로 불어났다.

샤샤샤샤샤샤!

타탁! 타타타타타탁!

순식간에 꺾이고 휘어지고 불어난 손 그림자가 장로들을 휩쓸었고, 모두가 한순간 돌덩이처럼 굳어졌다.

모두가 혈을 짚인 것이다.

느닷없는 점혈에 눈을 이리저리 굴리기 바쁜 장로들. 도대체 태사조의 의중을 짐작할 수 없었다.

"혈도를 풀어봐라."

"……."

"……."

당연히 누구도 할 수 없는 일이었다. 움직일 수 있는 이가 아무도 없으니.

"강호를 살아가려면 꼭 알아둬야 하는 것들이 있다."

연이어진 염호의 목소리.

"그것들을 오늘부터 하루에 하나씩 전할 것이니 그 첫 번째가 이공운혈의 수법이다. 이는 스스로의 힘으로 점혈을 푸는 방법이다."

온몸이 굳어진 채로 눈동자만 파르르 떠는 장로들.

그들을 향해 염호의 착 가라앉은 나지막한 목소리가 이어지기 시작했다.

"이공운혈은 내공이 금제되는 첫 순간이 가장 중요하다. 일 푼, 단 일 푼의 힘이면 족하지만 그마저도 따로 빼둘 여유가 없을 때, 재빠르게 기혈이나 세맥에 남아 있는 여분의 내력을 모아야 하느니⋯⋯."

염호의 이야기가 천천히 아주 자세하게 정풍곡 안으로 전해졌다.

그 말을 단 한마디도 놓치지 않으려는 듯 장로들은 눈을 부릅뜨고 집중했지만, 진무만은 도저히 그럴 수가 없었다.

태사조가 뭔가 평소 같지 않다는 느낌을 받았기 때문이었다.

굳이 무어라 딱 꼬집어 말할 수는 없지만 무언가에 쫓기는 듯한 그런 급한 느낌이었다.

마치 재빠르게 무언가를 전하고 훌쩍 떠나 버릴 것만 같
은 그런 기묘한 느낌······.

＊　　　＊　　　＊

아침 일찍 거처를 나온 염호 곁으로 총림당주 왕심봉이
따라붙었다.

"왜?"

염호가 툭 쏘아붙이자 왕심봉이 쭈뼛쭈뼛 입을 열었다.

"장문진인께서······."

"진무가?"

염호가 고개를 갸웃하며 왕심봉을 쳐다봤다.

"아침에 정풍곡에 들렀다 오는 길입니다. 장문인께서 저
보고 태사조님을 잘 보필하라고······."

"진무가 그랬어?"

"예, 옆에서 잔심부름도 하고 말벗이라도 되어드리라
고······."

염호는 잠시 동안 가만히 왕심봉을 쳐다보다 횡하니 그
앞을 지나치며 입을 뗐다.

"귀찮으니까 볼일이나 봐."

"에?"

"참, 돈 좀 생겼다고 쓸데없는 곳에 막 갖다 쓰고 그러지 마라."

"……."

"잘 모르겠으면 보화전장 소옥이한테 물어보고."

"네?"

"최소한 그 지지배라면 살림 거덜 낼 일은 없을 테니까."

"……."

저 어린 태사조가 총림당의 일을 어떻게 이리도 잘 알까 하는 생각을 하며 띵한 표정을 짓고 있는 왕심봉을 두고 염호는 휘적휘적 발걸음을 옮겼다.

염호가 제일 먼저 찾은 곳은 아직 정식으로 도적을 받지 않은 아이들이 모여 사는 청아원이었다.

예닐곱 살의 꼬맹이부터 열 살을 갓 넘은 아이들과 곧 삼대제자로 들어갈 소년들이 함께 생활하는 청아원은 아침나절부터 활력이 넘쳤다.

길게 줄을 서 있다가 자기 차례가 오면 신 나게 재주넘기를 하며 뛰어나가는 아이들을 보니 염호의 입가에 절로 미소가 걸렸다.

"흠… 다들 부쩍부쩍 컸구나."

삼회 어린 목소리를 낮게 읊조리며 청아원 아이들을 바

라보는 염호의 눈빛 위로 일 년 전 이맘때 일들이 천천히 덧씌워졌다.

역강육십사공이란 운기권에 칠성미리보를 접목해 아이들이 뛰어놀 수 있게 해줬다.

완성경에 이르면 한 호흡에 여덟 번이나 대주천을 할 수 있는 역강육십사공은 그 어느 신공절학에 비해도 모자랄 것이 없는 천고의 심법이다.

그런 귀한 무공을 누구 하나 알아보지 못하고 서고 안에 썩히고 있었으니 화산파가 맥없이 기울고 있었던 것도 당연한 결과였을 것이다.

여하튼 일 년이 지난 지금 작은 아이들이나 큰 아이들 모두 그 움직임이 날래고 현묘하기 이를 데 없어 더없이 튼튼한 기초가 쌓여감이 느껴졌다.

근육을 부드럽게 하고 뼈를 단단하게 하는 연골연신의 수련에다, 여타의 심법과 상충하지 않는 역강육십사공의 묘용이 더해졌으니 훗날 아이들이 상승의 화산심법을 배울 때가 되면 더욱 큰 효용을 볼 것이 틀림없었다.

저 아이들이 성장하여 화산파의 중심이 됐을 때, 그때가 되면 진정 화산의 이름이 강호를 굽어볼 것이란 생각마저 드는 염호였다.

"우와! 태사조님이다."

아이 하나가 염호를 발견하고 목소리를 높이자 뛰어놀던 아이들이 일제히 멈췄다.

"와아! 태사조님!"

"우와와아아아!"

"태사조 형아!"

"우와~! 같이 놀아요!"

여기저기 소리치며 아이들이 일제히 염호를 향해 달려왔다.

검신의 탈을 쓰고 지냈을 때와는 비교도 되지 않는 환호였다.

그도 그럴 수밖에 없는 것이 백발이 성성하던 검신 태사조야 아무리 좋아도 아이들에겐 마냥 어려운 사람일 수밖에 없었다.

하지만 지금은 삼대제자들 또래로 보이니 함께 놀자고 해도 될 것 같았다.

실제로 청아원 아이들과 제일 가까운 삼대제자들이나 지금 염호의 모습에선 전혀 어려움을 못 느끼는 아이들이었다.

우르르 달려드는 꼬맹이들을 보며 염호가 머쓱한 표정을 지었다.

'쩝―!'

그때 화들짝 놀라며 아이들 앞을 막아 선 이가 있었다.

"그만해라!"

우뚝!

불호령 같은 목소리에 청아원 아이들이 일제히 멈칫할 때 도복을 정갈하게 차려입은 앳된 제자가 부리나케 나서 염호에게 공손히 예를 차렸다.

"삼대제자 안평이 삼가 태사조님을 뵈옵니다."

장로들이 죄다 정풍곡에 들어가고 난 뒤부터 청아원을 일대와 이대, 삼대제자들이 돌아가면서 돌보고 있는데 오늘은 안평이란 어린 삼대제자가 그 순번이었다.

뛰어노는 아이들을 돌보는 게 전부인지라 하릴없이 앉아 있던 안평은 느닷없는 태사조의 등장과 아이들의 버릇없는 태도에 화들짝 놀라 바짝 긴장할 수밖에 없었다.

장문인과 장로들조차 극진한 예로 모시는 태사조에게 아이들이 무례하게 굴었으니 곧 불호령이 떨어질 것이란 생각마저 들었다.

안평의 얼굴이 하얗게 질리자 청아원 아이들도 일제히 겁을 먹은 모습이었다.

"안평이라고?"

"네? 넵! 태사조님!"

"몇 살이냐?"

"네? 아니, 올해로 열넷이 되었사……."

염호가 뚱한 표정으로 이런저런 것을 물어오자 안평의
얼굴은 더욱 창백해졌다.

혹시나 사숙들에게 아이들을 제대로 돌보지 않았다고 자
기 이름을 알려줄까 싶어 걱정에 등줄기에 식은땀까지 흘
러내렸다.

"열넷이면 한창 놀아야 할 나이지."

"……."

예기치 못한 말에 안평이 대꾸도 하지 못하고 멍하니 염
호를 쳐다보기만 했다.

그때 염호가 청아원 아이들 쪽을 보며 얼굴에 환한 미소
를 지었다.

"더 재밌게 놀고 싶지?"

그래도 아이들은 안평이 긴장하고 있는 모습 때문에 입
을 열어 대답하지는 못하고 어린 꼬맹이 몇몇이 고개만 힘
차게 끄덕였다.

"안평아, 네가 좀 놀아줘라."

"네?"

"애들이랑 놀아주라고."

"네에… 태사조님!"

안평이 쭈뼛거리며 대답하자 염호가 아이들 쪽을 향해

돌아섰다.

"여기 안평 잡기 놀이다."

"……."

"……."

안평이나 아이들이나 영문을 몰라 고개를 갸웃하자 염호가 씨익 웃었다.

그리곤 바닥에 주저앉아 손에 흙은 잔뜩 묻힌 염호가 아이들을 향해 다시 입을 열었다.

"먼지 묻은 손으로 안평이 옷을 더럽히면 된다. 일각 뒤에도 안평이 옷이 깨끗하면 너희가 지는 거고 더러워지면 너희가 이기는 거다."

"와!"

"우와! 재밌겠다."

아이 몇이 환호를 지르자 염호가 안평을 보며 히죽 웃었다.

"네가 지면 마보를 하루 종일 해야 할 것이고……."

"헉!"

"만일 먼지 한 톨 없이 깨끗하다면 무공 하나를 가르쳐 주마. 어때?"

"허억! 하, 하겠습니다."

나직하게 귓가로 전해지는 염호의 음성에 화들짝 놀라고

당황한 안평.

하지만 그 눈에선 활활 전의가 불타기 시작했다.

자그마치 태사조에게 배우는 무공이었다.

그게 어떤 의미인지 안평 역시 모르지 않는 것이다.

"자, 그럼… 시작!"

염호의 목소리가 울리자마자 청아원 아이들이 일제히 소리치며 안평을 향해 달려들었다.

안평 역시 눈을 부릅뜨고 내공을 끌어 올렸다.

"우와!"

"잡아라."

"내가 먼저야!"

쉬식! 쉬익!

쉬쉬쉬쉬쉭!

그냥 웃고 떠들 땐 아이들이었는데 막상 움직임이 시작되자 대번에 날카로운 소리들이 사방팔방에서 터져 나왔다.

안평 또한 마찬가지였다.

이미 검신무를 통한 실전으로 단련된 상태. 더구나 태사조에게 따로 가르침을 얻을 수 있는 기회임을 아니 그야말로 사력을 다할 수밖에 없었다.

도망치는 안평과 이를 붙잡으려는 아이들의 움직임이 청

아원 마당에 수없는 그림자를 만들었다.

안평이 사력을 다하면 다할수록 아이들의 움직임도 점점 더 빨라지고 현묘해져 갔다.

그러면서도 웃고 떠드는 아이들을 보고 있자니 염호의 얼굴에도 절로 웃음이 걸렸다.

"그래, 그래~ 애들은 애들다워야 좋은 거지."

툭툭!

손바닥에 묻힌 흙먼지를 털어내며 흘낏 뽀얀 빛깔의 손을 바라보는 염호.

"애들은 애들답고… 나는……."

와자지껄 뛰어노는 아이들의 웃음 속에 흘러나오는 염호의 목소리에 씁쓸함이 짙게 묻어났다.

＊　　　＊　　　＊

아이들과 한바탕 어울려 놀고 나니 해가 중천에 떠 있었다.

청아원을 벗어난 염호가 다음에 들른 곳은 이대와 삼대 제자들이 함께 수련하는 연무장이었다.

염호가 예고도 없이 나타나자 한바탕 난리가 났다.

이대제자의 맏이인 조세걸과 삼대제자의 맏이인 양소호

는 바짝 긴장한 얼굴로 염호를 맞이했다.

"삼가 태사조님을 뵈옵니다."

재빠르게 도열한 제자들이 연화봉이 무너져 내릴 정도로 커다란 함성을 토하자 염호가 손을 휘적휘적 내저었다.

빠짝 긴장한 이대와 삼대의 제자들.

"뭐 필요한 건 없지?"

"……."

"잘 모르겠고, 궁금하고 그런 거 있으면 찾아와 물어라."

"예에……?"

"네에… 태사조님."

당황한 조세걸과 양소호가 얼버무리자 다가가 어깨를 툭툭 다독이는 염호.

"그럼, 수고들 해."

그리고 난 뒤 염호는 연무장을 휭하니 빠져나갔다.

'얘들은 그냥 둬도 잘하고 있으니까… 다음은…….'

"태사조님!"

장로전에 앉아 집무를 보던 송자건이 화들짝 놀라 일어섰다.

본래 대상로 손괴가 해야 할 일들을 얼마 전부터 대신하게 된 송자건은 두 눈이 퀭하니 들어가 있었다.

"생각보다 힘들지?"

예기치 않게 찾아와 나직하게 건네는 염호의 목소리.

송자건은 저도 모르게 울컥하는 기분이었다.

"전에는 정말 몰랐습니다. 사부님께서… 이렇게 하루를 보내신다는 것을……."

"차라리 무공 수련이 편하지?"

"넵!"

송자건은 촌각의 망설임도 없이 목소리를 높였다.

더구나 늦은 나이에 정풍곡에서 고생하고 있을 사부 손괴와 장로들을 생각하면 앉아 있는 시간들 한순간 한순간이 가시방석 위에 있는 것만 같았다.

차라리 수련을 대신 해줄 수만 있다면 아무리 힘들어도 조금의 주저함도 없이 택할 마음이었다.

"그래도 누군가는 해야 하는 일인 것이다."

"……."

"누군가는 해야 할 몫을 했기 때문에 이제껏 버텨냈던 것이다."

염호의 말에 송자건 역시 무언가 느껴지는 것이 있었다.

총림당의 왕 사숙도, 또 진무의 병수발을 담당하던 왕직 사형도 모두 무공 수련을 포기한 이들이라 여겼던 것이 사실이었다.

하지만 그 두 사람이 없었다면 화산이 어찌 되었을까를 생각하면 답은 명확했다.

지난날 그들을 조금이나마 마음속으로 등한시했던 것이 얼마나 큰 잘못인지 충분히 깨우친 것이다.

"태사조님 말씀 가슴에 깊이 새기겠습니다."

"그래, 그래. 수고하고……."

염호는 잠시 잠깐 들렀던 장로전에서 나와 바쁘게 다음 장소를 향해 발걸음을 옮겼다.

그곳에는 벌써부터 염호를 기다리는 이들이 모여 있었다.

염호가 나타나자 바짝 긴장하는 이들.

개방의 태상방주 취성과 흑회의 주인 홍괴불, 그리고 용천장의 연산홍이 그들이었다.

"그래, 준비는 잘해 왔어?"

취성과 연산홍, 홍괴불 세 사람은 긴장한 얼굴로 서로를 향해 조심스럽게 눈짓을 주고받았다.

둥그런 탁자를 가운데 두고 염호를 마주 보고 있는 이들, 그중 연산홍이 먼지 입을 열었다.

"용천장이 생기기 전의 일들이라 다른 문서는 찾을 수 없었어요. 일단 본 장에 보관 중인 천래궁과 무인흑교에 대한 기밀 보고서들만 가져온 것이에요."

연산홍이 봉인된 나무 상자 하나를 염호 앞으로 조심스럽게 내밀었다.

염호는 말없이 고개를 끄덕거리곤 자연스럽게 홍괴불을 향해 시선을 돌렸다.

"여기 있습니다! 흑회가 보관해 오던 비밀 문건들입니다. 오래되어 상태가 좀 그렇습니다만……. 흥미로워하실 이야기들이 제법 있습니다, 태사조님."

홍괴불은 바닥에 내려놓았던 붉은색 보따리와 노란색 보따리를 염호 앞 탁자 위에 올려놓았다.

"붉은 것은 마교에 관한 정보들이고, 노란색은 천사맹이 유령곡과 혈총으로 해체될 때 떠돌던 소문들입니다."

염호는 두 개의 두터운 보따리에 삐쭉삐쭉 튀어나온 낡은 종이 뭉치를 확인하며 천천히 고개를 끄덕였다.

홍괴불이 한시름 놨다는 듯 한숨과 함께 물러서자 취성이 기다렸다는 듯 괜한 헛기침을 토하며 입을 뗐기 시작했다.

"크흐흠, 태사조~! 아실지 모르겠지만 우리 개방엔 글을 아는 애들이 거의 없소이다. 죄다 까막눈이니……."

멋쩍은 듯 뒷머리를 긁적거리는 취성, 다만 그 얼굴에는 어딘지 모르게 연산홍이나 홍괴불이 지니지 못한 자신감 같은 것이 보였다.

"하오나, 정말 중요한 정보들은 따로 방주만이 알 수 있는 암호로 기록해 놓는답니다. 사실, 이놈은 밖으로 가지고 나오면 절대 안 되는 물건인데, 내 특별히⋯⋯."

취성이 품 안에서 둘둘 말린 양피지를 꺼낸 뒤 염호 앞 탁자 위에 조심스레 펼쳤다.

얼마나 오래됐는지 모를 낡은 양피지엔 묵은 때가 잔뜩 있었고, 그 위로 알 수 없는 점과 선들이 가득했다.

염호의 눈썹이 살짝 씰룩였다.

염호라고 해서 개방 방주들이 안다는 기록까지 파악할 수 있는 것은 아니었다.

다만 낡은 양피지가 취성의 말처럼 대단히 오래전에 만들어진 물건이며 가볍지 않은 정보들을 담고 있다는 것만은 충분히 느껴졌다.

대충 휘갈겨 쓴 점과 선 여기저기에서 서로 다른 이들의 무공 깊이가 보였기 때문이다.

"요기 요 부분이 최근의 기록들이외다. 그중 부탁하신 정보는 이것과 이것이고."

취성이 손가락으로 양피지 아래쪽 두 군데를 쿡쿡 찍자

염호가 취성을 지그시 바라봤다.

염호가 이들에게 부탁한 것은 바로 백여 년 전, 그 시절의 세세한 정보들이었다.

느닷없이 마령이 나타나 피바람을 불러일으켰고, 또 천래궁주라는 이의 정체는 다른 누구도 아닌 흑제였다. 그 가운데 무인흑교란 것이 날아왔는데 그 안에 타고 있던 것이 또 취벽선자였다.

과거의 자신과 알게 모르게 연이 닿아 있던 것들이 공교롭게도 동시다발적으로 나타난 것.

그쯤 되자 염호도 생각이 달라질 수밖에 없었다.

어지간한 일에 눈썹 하나 까딱하지 않는 염호라지만 찜찜한 것들을 마냥 그대로 두고 볼 수는 없다는 생각이었다.

이를 위해 가장 먼저 해야 할 일은 당시의 상황을 정확히 파악하는 것이란 판단이 들었다.

때마침 취성의 끊어지는 목소리가 들려오기 시작했다.

"어디보자~ '마교 내분' 이렇게 적혀 있소. 그리고 또…
'마교주와 그 부인의 부부 싸움으로 시작…' 흠흠."

취성이 읽다가 무안한 듯 헛기침을 했다.

전대 방주가 별 시시껄렁한 이야기를 뭐 대단한 정보랍시고 여기 적어놨을까 하는 생각에 낯이 다 뜨거워지는 기분이었다.

그르느라 염호의 낯빛이 한순간 말도 못하게 굳어졌다 풀린 것을 알아채지 못했다.

'설마 그 망할 계집?'

마교주면 흑제가 분명했다.

그리고 그 부인이라면 옥수마희다.

염호가 만난 최악의 사내가 흑제라면 옥수마희는 그런 정도로 평가가 안 되는 그냥 '미친년'이었다.

단순히 쳐다봤다는 이유만으로 사내들의 눈을 뽑아버리고 다녔던 계집.

그러다 또 언제부터인가는 자길 안 쳐다봤다고 사내들의 눈을 뽑아버렸다.

아니, 뭐, 그런 건 그냥 애교 수준이었다.

그냥 심심하다고 사람을 죽이는데 마치 벌레를 짓누르듯 아무런 감정도 풍기지 않던 계집이었다.

문제는 그 미친 계집이 정말 어마어마하게 예쁘다는 사실이었다. 오죽했으면 그 흑제마저 한눈에 반해 단번에 부인으로 삼았을까.

당연히 수두룩한 사건과 사고를 몰고 다닐 수밖에 없었다

'뭐, 그 미친년놈이 작정하고 싸웠다면 마교가 절단이 났

을 수도…….'

염호가 아는 두 사람은 충분히 그런 일을 벌이고도 남을 위인들이었다.

"그다음은?"

염호가 쭈뼛거리는 취성을 향해 물었다.

"쩝~! 마교에 관한 건 그게 전부이고. 그 뒤로 마교가 완전히 자취를 감췄으니…….."

가만히 듣고 있던 연산홍과 홍괴불마저 황당한 얼굴을 감추지 못했다.

수많은 전설 더불어 근원적인 공포까지 각인시킨 마교의 멸문이 고작 부부 싸움 때문이라니.

누구라도 기가 막혀 할 일이 아닐 수 없는 것이다.

"크흠흠! 마교는 그렇다고 해도 말고 이건 굉장한 정보외다. 태사조께서 찾는 것도 이런 종류의 이야기가 아니겠소?"

"……?"

염호가 고개를 갸웃거리며 흥미롭다는 눈짓을 보이자 취성은 자신만만한 표정을 지었다.

"'무인흑교의 주인은 여인이며 무산 신녀궁 출신이다. 그리고…….' "

"……!"

염호는 깜짝 놀란 표정을 감추지 못했다.

그 반응에 오히려 취성이 당황해서 말문이 막힐 정도였다.

"왜? 왜 그러시는지……?"

"괜찮으니 계속……."

염호의 머릿속이 둔기로 한 대 맞은 것처럼 멍해졌다.

취벽선자가 칠대금지 중 하나인 신녀궁 출신이라는 말은 염호에게 적지 않은 충격이었다.

도가 문파가 원시천존을 모시듯 신녀궁은 무산신녀를 떠받들며 평생 수절하고 산속에서 나오지 않는 여인들의 집단이었다.

마교와는 다르지만 어찌 됐든 광신도에 가까운 집단인 것만은 분명했다.

당연히 과거나 지금이나 그런 집단이라면 진저리가 쳐지는 염호다.

"에… 또… 그러니까 무인흑교의 주인과… 주인과……."

양피지를 읽다말고 갑자기 말끝을 흐리며 표정이 확 달라지는 취성이다.

그러다 슬쩍 눈알을 굴려 염호를 쳐다보는데 순간 이마로 땀이 삐질 흘러내렸다.

"뭐라는데?"

눈치라면 그 누구에게도 지지 않는 염호가 뭔가 이상한 낌새를 챈 것은 당연했다.

"아니… 그게 아니고……."

취성이 이번엔 연산홍과 홍괴불을 쳐다보며 난감한 표정을 지었다.

"남이 들으면 안 될 이야긴가?"

취성이 살짝 고개를 끄덕이자, 연산홍과 홍괴불이 알아서 자리에서 일어났다.

다른 문파의 비밀을 함부로 알려 하지 않는 것은 강호의 당연한 법도였기 때문이다.

"괜찮아! 상관없으니까 읽어. 두 사람도 나 때문에 고생했는데 궁금한 것 정도는 풀어야지."

염호의 뜻하지 않은 말에 두 사람은 다시 엉거주춤 자리에 앉았다.

염호가 그렇게 나오자 취성도 하는 수 없다는 표정으로 말문을 열었다.

어차피 선택은 염호가 한 것이니.

"무인흑교의 주인과 화산파의 검신 한호는……."

"……!"

"……!"

느닷없이 흘러나온 검신의 이름.

격한 염호의 반응이 다시 한 번 취성의 목소리를 뚝 끊어지게 했다.

"한호라고?"

한때는 그 이름만 되뇌어도 피가 거꾸로 치솟던 때가 있었다.

물론 그 이름을 빌어 살았을 때도 좋은 감정이라곤 손톱만큼도 없는 이름이었다.

어쨌든 뒤끝 하나만큼은 확실한 성격의 염호다.

느닷없이 튀어나온 그 이름을 듣고 지금 자기가 버젓이 그 한호의 제자 행세를 하고 있다는 생각까지 할 수는 없었다.

"…그러니까 무인흑교의 주인과 검신께서… 내연의 관계라고… 수차례 인적 없는 곳에서 만났다는 기록이……."

전설적인 기인 검신이 정체불명 신녀궁 출신의 여인과 그렇고 그런 관계였다는 말을 꺼내는 취성의 얼굴이 편할 리 없었다.

더구나 그 검신의 제자 앞에서 말이다.

마찬가지로 용천장의 연산홍이나 홍괴불은 절대 듣지 말아야 할 것을 듣게 됐다는 것을 직감했다.

당대 천하제일세는 누가 뭐래도 화산파였다.

그 회산파의 지금 성세를 일으킨 것이 바로 검신이다.

그야말로 당대에 이르러 전설적인 존재가 되어버린 검신 한호. 그런 이가 신녀궁 출신의 여인과 그렇고 그런 관계였단 이야기가 퍼지면 어찌 되겠는가.

백 년이나 은거하며 강호의 미래를 준비했던 세월이, 한낱 욕정에 휘둘린 치정의 시간으로 과장되는 것이 불을 보듯 뻔했다.

이름이 높다는 것은 시기하고 시샘하는 이들 또한 그만큼 많다는 의미, 결코 좋은 이야기로 변할 성질이 아니었다.

화산파의 명성과 성세 역시 끝없이 추락할 것이 분명한 비밀, 그런 것을 알아버린 것이다.

연산홍과 홍괴불은 긴장감을 감추지 못하고 마른침을 꼴딱 삼켜야 했다.

아니나 다를까.

염호가 신경질적으로 탁자를 움켜쥐었다.

콰드드득!

두터운 원목 탁자가 손가락을 따라 깊이 파이는 소리가 소름 끼치게 흘러나왔다.

"뭔 헛소리야!"

"……."

"……."

"……."

염호가 버럭 으르렁거리는 목소리를 토하자 세 사람 모두 바짝 긴장할 수밖에 없었다.

'하긴! 하늘같은 사부의 치부를 언급했으니… 상심이 클 수밖에…….'

취성의 생각이었다.

연산홍이나 홍괴불 역시 크게 다르지 않은 생각이었다.

염호가 분노하는 이유라면 그 정도가 다일 것이란 생각이었다.

하지만 염호는.

'뭐라고? 한호 그놈이랑 취벽이? 아니지, 그럴 리가 없지.'

염호의 눈썹이 안으로 모이며 얼굴 전체가 심각하게 일그러졌다.

'나, 나 때문이었어. 그녀가 나를 위해 한호를 만난 거야! 젠장!'

취벽을 생각하자 다시금 뭔가 아련한 마음이 치밀어 올랐다.

'망할 한호 녀석! 그런데도 나한테 말도 안 했어?'

아무리 오래전 일이지만 화가 나는 건 화가 나는 거였다.

당연히 한호에 대한 악감정도 불쑥 치밀어 올랐다.

"크흑!"

염호가 갑자기 대성통곡이라도 할 것 같은 소릴 토했
다.

당연히 마주한 이들은 더욱 긴장한 모습이었다.

"제가 말씀드렸지요. 제발 여자를 좀 멀리하라고……! 크
흐흑!"

"……."

"……."

"……."

졸지에 검신 한호를 호색한으로 만들어 버린 염호.

다들 황당한 얼굴이 될 수밖에 없었다.

설마 염호가 그 사실을 벌써부터 알고 있었다는 뜻?

하지만 염호는 더 말도 하기 싫다는 얼굴로 손을 휘적휘
적 내저었다.

침통한 표정으로 다들 나가라 말하는 것.

당연히 뭔가 더 묻지도 못하고 자리에서 일어서는 세 사
람이었다.

홀로 남게 된 염호의 표이 확 달라진 건 순식간이었다.

"한! 호! 이놈! 이 똥물에 튀겨 죽일 놈!"

이를 갈아붙여 보지만 어쩌겠나.

이미 까마득히 지난 세월의 일일 뿐인데.

더구나 그 취벽은 완전 쭈그렁 할머니가 되어 있었다.

염호는 퍼뜩 정신을 차렸다.

지난 일들은 이미 지난 일, 지나 버린 시절의 해묵은 감정들에 취해 있을 이유가 전혀 없었다.

염호는 천천히 연산홍이 남긴 목함과 홍괴불이 남긴 보따리를 풀기 시작했다.

오래된 종이 냄새를 맡으며 한 장 한 장 그것들을 살피는 염호의 표정이 이따금씩 묘하게 변해갔다.

까맣게 잊었던 이름들이 그 안에 간혹 보였기 때문이다.

그러다 어느 순간 흠칫 몸을 떨었다.

낡은 종이를 움켜쥔 그 손이 한참이나 부들부들 떨릴 수밖에 없었다.

무림공적 천살마군 염세악.

자신의 이름이 적힌 종이였다.

그리고 그 아래 적혀 있는 글귀들.

검신과 화산육선에게 제압당함.

금번 천라시밍에 참가한 정도맹 무인 오백육십사 명 주살.

첫 살인 이후 도합 천칠백서른 명 주살.

"천칠백이라··· 천칠백······."

第五章

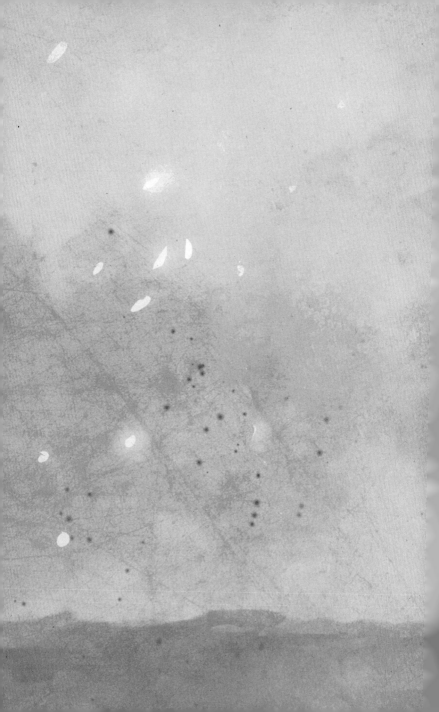

밤이 찾아들고 정풍곡 안으로 들어선 염호가 서서히 발걸음을 멈췄다.

　인기척과 함께 들리는 낮고 고요한 숨소리, 더불어 끈적끈적하게 전해져 오는 감각.

　명백한 적의와 살기였다.

　호리병 모양의 협곡 안은 진무를 비롯한 장로들의 날선 기운으로 가득했다.

　그 모두가 검을 빼 들고 염호를 기다리고 있었다.

　"흐음."

이미 예상이라도 했다는 듯 가볍게 호흡을 내쉬는 염호. 그것이 신호라도 되는 양 장로 범중과 유학선, 그리고 경담이 순식간에 허공으로 치솟아올랐다.

슈아악! 슈슛!

앞으로 뻗은 장로들의 검끝이 독아를 품은 뱀처럼 날카로운 파공음을 토하는 사이, 땅바닥을 헤집으며 또 다른 장로들이 짓쳐들어왔다.

파파파파팟!

세 개의 검풍이 흙더미를 사방으로 튀기며 밀려들자, 염호가 망설일 것도 없이 흑뢰정을 꺼내 들었다.

카강캉!

허공에서 뻗어온 세 개의 검을 장작 패듯 튕겨낸 염호의 흑뢰정이 순식간에 방향을 바꿨다.

카카카카카캉!

흑뢰정과 지면을 쓸어오는 검풍이 쉴 새 없이 부딪치며 사방팔방으로 강렬한 불꽃이 솟구쳤다.

기습을 펼쳤던 여섯 장로가 튕겨 나듯 물러선 그 순간, 진무와 손괴가 숨 쉴 틈도 주지 않고 염호를 향해 날아들었다.

일순간 염호의 눈썹이 씰룩였다.

신형을 쭉 뽑아 올린 진무의 검이 그 손을 떠나 엄청난 속도로 회전하며 날아들어 온 것.

쉬쉬쉬쉬쉭!

매화검 이십사절.

화산을 대표하는 검법이었다.

진무의 검이 지나간 자리에 남은 검영(劍影)이 만개하여 나부끼는 매화꽃잎을 닮아 있었다.

매화검의 끝에 이른 이기어검이란 뜻.

염호가 저도 모르게 감탄의 눈빛을 내비쳤다.

그뿐만이 아니었다.

슈웃!

지면을 쓸어오는 손괴의 모습이 순식간에 눈앞에서 사라진 뒤 왼쪽에서 불쑥 치솟았고, 연이어 그 모습이 또다시 사라진 뒤 등 뒤에 나타났다.

손괴가 순식간에 염호의 후방을 점해 버린 것.

'암향표(暗香飄)?'

염호는 또 한 번 놀랄 수밖에 없었다.

암향표는 화산파의 전설적인 보법이며 곧잘 소림의 금강부동신법과 함께 강호제일의 보신경으로 꼽히는 절세의 무공이다.

과거 검신 한호와 화산육선이 눈앞에서 펼치는 것을 보았기에 염호 또한 똑똑히 기억하고 있는 무공. 하지만 정작

화산파 서고를 뒤적거릴 땐 찾아볼 수 없었던 무공이기도
했다.

그 암향표로 후방을 점한 손괴가 검강을 쑥 뽑아 올렸다.

후웅!

염호의 하반신을 그대로 절단 낼 듯 뻗어오는 강렬한 검
끝에는 추호의 멈칫거림도 없었다.

마치 생사대적을 눈앞에 두고 있는 듯한 손괴와 진무.

순간 염호가 뒷걸음질 치며 손괴의 검을 향해 오히려 자
신의 등을 쑥 밀어 넣었다.

캉!

등을 가로질러 멘 패왕부의 도낏자루가 손괴의 검강을
막아내며 강렬한 쇳소리가 터진 것이다.

연달아 왼손을 쑥 뻗어내는 염호.

흑뢰정이 섬전처럼 쏘아져 진무의 검과 부딪쳤다.

쿠쾅!

검과와 손도끼가 허공에서 충돌하며 정풍곡 안이 엄청나
게 흔들릴 정도의 폭음이 터졌다.

"큭!"

허공에서 몸을 뒤집으며 튕겨져 나가는 진무의 입에서
나직한 비명이 토해지는 그때, 또 다른 그림자들이 무수히
염호를 향해 쏟아져 들어왔다.

슈슈슈슈슈슛!

수십 개의 손바닥이 전방을 가득 채우며 염호를 향해 쇄도해 온 것.

순간 염호의 얼굴에 또다시 흐릿한 미소가 서렸다.

'벌써? 장영(掌影)을?'

자신을 향해 쏟아지는 그림자는 분명 산화무영수였다.

가르쳐 준 지 고작 두 달이 조금 넘었을 뿐인데 벌써 팔성의 경지에 이르렀다는 것.

'난놈은 난놈이군.'

염호는 재빠르게 흑뢰정을 회수한 뒤 연이어 양손을 내뻗기 시작했다.

퍼퍼퍼퍼퍼퍽!

염호의 손에서 뻗어 나온 손 그림자가 삽시간에 전방을 가득 채워오는 장영을 지워 버렸다.

산화무영수를 산화무영수로 상대한 것.

그 순간 다시 여섯 장로가 날아들었다.

후웅! 후후훙!

여섯 개의 선명한 빛을 뿜는 검강이 각기 허공과 지면을 강렬하게 쓸어왔다.

검강을 끌어 올려 펼치는 검신무의 위력이 염호의 얼굴을 잠시 굳게 만들었다.

'제법!'

한꺼번에 육방을 점하며 몰아쳐 오는 장로들. 처음 가르쳐 준 검신무의 새로운 변형이었다.

이 또한 단순히 가르쳐 준 것에만 연연하지 않는다는 뜻이었다.

순간 양손으로 패왕부를 움켜쥐는 염호.

후우우웅!

어깨부터 휘둘러 내린 패왕부의 궤적을 따라 무지막지한 광풍이 치솟았다.

콰콰콰콰콰쾅!

강렬한 빛을 뿜어내던 여섯 검강이 패왕부와 부딪치며 산산조각 부서졌고, 장로들의 신형은 광풍에 휩쓸리듯 사방팔방으로 튕겨졌다.

그때였다.

슝!

밖으로 튕겨지는 장로들을 뚫고 다시 쏘아진 진무의 날카로운 검과 연이어 암향표를 펼치며 염호의 좌측을 점한 손괴.

마지막으로 기 사형이 낡은 철검 한 자루를 움켜쥔 채 오른쪽으로 달려들었다.

삼재의 방위를 완벽히 차단한 채 이제 막 패왕부를 휘두르고 생긴 찰나의 빈틈을 비집고 들어온 합격이었다.

순간 염호의 눈이 부릅떠졌다.

우우우웅!

삽시간에 염호의 장포 자락 위로 강렬한 빛무리가 뚜렷한 구체를 만들었다.

기화방신으로 일으킨 호신강기였다.

카캉! 카카캉!

빛무리에 부딪친 검들이 연이어 튕겨지며, 공격을 감행한 이들이 일제히 물러서 염호를 주시했다.

그 선두에 진무와 손괴가 서고 뒤편으로 장로들과 기 사형이 도열했다.

말도 못하게 굳어진 화산파의 도사들.

하지만 염호의 얼굴은 담담하기만 했다.

"가르침에 감사드립니다."

"가르침에 감사드립니다."

손괴가 먼저 입을 떼고 연이어 장로들이 합창하며 공손히 예를 표했다.

염호는 말없이 패왕부를 등에 척 걸치곤 흑뢰정을 허리춤에 꽂아 넣었다.

그리곤 다른 누구도 아닌 기 사형을 가만히 쳐다봤다.

염호와 눈을 마주친 그는 담담한 눈빛으로 살짝 고개를

숙였을 뿐이다.

염호가 보일 듯 말 듯 고개를 끄덕였다.

'확실히, 화산파 무공에 정통한 놈이 하나 끼니 달라지
네.'

두 달이 조금 넘는 정풍곡 수련 동안 모두 장족의 발전을
이룬 것이 느껴졌다.

일단 다들 손발이 맞는 것은 둘째 치고 개인적인 성취들
이 눈부셨다.

그 지대한 공이 기 사형에게 있다는 것은 물어볼 필요도
없는 일이었다.

하지만 그런 것들보다 확연히 달라진 것이 하나 있었다.

일단 싸움이 시작되면 잡생각이 완전히 사라진다는 것이
다.

그것이 그 무엇보다 이들에게 가장 필요한 것임을 염호
는 잘 알고 있었다.

고수의 싸움은 그야말로 촌각이라 불리는 시간에 결정이
나는 법. 이전까지 진무나 장로들에게 터무니없이 부족했
던 점이었다.

"잘했다……."

염호가 나직하게 입을 떼자 마주 선 장로들이 흠칫했다.

늘 타박민 하던 염호가 처음으로 칭찬을 내뱉은 것이다.

"이제 어디 가서 맞고 다니진 않겠구나. 수고했다."

염호가 휙 하니 뒤돌아서자 진무를 비롯한 장로들이 얼떨떨한 표정을 지었다.

"짐 싸라."

염호가 휘적휘적 발걸음을 옮기자 화들짝 놀란 손괴가 입을 뗐다.

"아직 멀었습니다. 조금 더 수련을!"

다급하게 흘러나온 손괴의 목소리에 염호가 고개를 돌렸다.

"더 수련하고 싶습니다, 태사조님."

연이어 진무가 굳은 얼굴로 입을 뗐다.

"그렇습니다."

"가르침을 내려주십시오."

"시간을 더 주십시오, 태사조님."

진무에 이어 장로들이 연달아 쏟아내는 말에 우뚝 선 염호의 눈빛이 점점 더 깊어졌다.

염호의 분위기가 일변하자 장로들 또한 입을 꽉 다물고 더욱 간절한 눈빛을 내비쳤다.

요 근래 장로들 모두 대부분 엇비슷한 생각을 하고 있기 때문이었다.

이전까지는 전혀 보이지도 않았던 새로운 벽이 느껴지기

시작한 것.

그리고 그 벽을 넘거나 허물 수 있다면 또 다른 경지에 다다를 수 있다는 것을 모두 어렴풋이 느끼고 있는 것이다.

그게 얼마나 걸릴지도 모르고 그저 막연하게만 느껴지는 경지지만, 여기서 멈추면 안 된다는 본능적인 감각이 그들 장로들을 더욱 간절하게 만들고 있었다.

염호 또한 그 같은 사실을 누구보다 잘 알고 있었다.

하지만 정작 염호의 눈은 오직 한 사람 진무를 향해 있었다.

염호의 그윽한 깊은 눈빛과 음성.

"진무야."

"……."

"이만하면 나도 할 만큼 하지 않았느냐?"

"……?"

진무의 눈빛이 파르르 떨렸다.

여태 한 번도 들어보지 못한 염호의 낯선 말투가 기이하게도 참 익숙하게 들려왔다.

그러자 어안이 벙벙한 표정으로 진무와 염호를 바라보는 장로들.

그 가운데 선 기 사형만이 혼자 고개를 천천히 끄덕였다.

눈앞에 태사조가 반로환동한 검신이라는 것을 알기 때문

이었다. 또한 발설치 말라 한 그 스스로가 그 사실을 밝히려 함을 느낀 것이다.

상황이 그렇게 흘러가는데도 정작 진무나 장로들은 염호가 누군지, 무엇을 말하려는지 전혀 눈치채지 못하고 있었다.

신웅담이나 기 사형, 육조 같은 이들은 단번에 알아챈일.

염호가 버릇처럼 혀를 찼다.

"쯧~ 그 눈치로 어찌 살림이나 제대로 했을까."

"……."

"……."

여전히 어안이 벙벙한 표정으로 서로를 이리저리 쳐다보는 장로들.

하지만 염호 역시 제 입으로 '내가 검신이다' 라는 말을 내뱉진 않았다.

진짜 검신이 아니기 때문이다.

그리고 이제 이들에게.

아니, 화산파 제자 모두에게 자기가 누군지 밝혀야 한다고 마음먹고 있었기 때문이다.

"바로 검신… 태사조님이시네……."

분위기를 눈치챈 기 사형이 조심스레 말문을 떼자 다들

'그게 대체 뭔 소린가' 하는 표정들이었다.

"반로환동하신 태사조님이시라고."

기 사형의 목소리가 조금 더 높아졌을 때야 장로들의 표정이 각양각색으로 바뀌기 시작했다.

그중 가장 놀란 것은 당연히 진무였다.

"어… 어르신……?"

진무는 도저히 믿기지 않는다는 얼굴로 염호의 위아래를 쳐다보느라 제정신이 아니었다.

"태… 태사… 조… 님?"

"태사조님!"

"옥허궁의 서림이 삼가 태사조님을 뵈옵니다."

"대장로 손괴가 삼가……!"

먼저 알아챈 장로들이 목소리를 높이며 난리를 떨기 시작하는 그 순간, 염호가 손을 번쩍 들어 모두를 제지했다.

삽시간에 찾아든 침묵.

그들을 다시 한 번 두루 살핀 염호의 눈이 진무에게 고정됐다.

"진무야!"

"……."

"나는 태사조가 아니다."

"……?"

"……?"

"나는 말이다……."

"……."

"나는… 본래부터 너희들의 태사조가 아니었다."

"어… 어르신?"

진무는 어안이 벙벙한 얼굴이었다.

마찬가지로 장로들 역시 혼란스러운 표정을 감추지 못하고 우왕좌왕했다.

"태사조님… 대체 무엇 때문에……?"

"저희들이 무슨 잘못을 했사옵니까?"

"제발 노여움을 푸시옵소서."

장로들이 하나둘 입을 떼자 염호의 얼굴이 차츰 돌덩이처럼 굳어졌다.

"이런 답답한 것들!"

"……."

"……."

"나는 본래부터, 검신 한호가 아니었단 말이다."

호통처럼 이어진 염호의 목소리에 장로들이 일제히 흠칫한 뒤 둔기에 머리를 맞은 것 같은 표정을 지었다.

눈을 끔뻑이며 서로를 쳐다보기 바쁜 장로들. 도무지 염호가 무슨 말을 하고 있는 것인지 전혀 이해가 되지 않았기 때문이다.

그 가운데 가장 당황하고 있는 것은 다른 누구도 아닌 장문인 진무였다.

"어르신! 어르신께서 검신 태사조가 아니시라니요? 제가 꼬맹이 시절부터 어르신을 뵈었는데 대체 그게……."

"진무야!"

"……."

"한호가 아니면 안 되는 것이냐?"

"어… 어르신……?"

"내가 한호가 아니면 우리는 아무것도 아닌 것이냐?"

"……."

염호의 나직하면서도 쓸쓸함이 묻어나는 음성이 흘러나왔다.

내내 당당하던 진무가 퍼뜩 정신을 차린 뒤 목소리를 높였다.

"아닙니다. 어르신이 누구든 어르신은 어르신입니다. 어린 저를 이끌어주시고, 지금의 저를 만들어주신 것은 누가 뭐래도 어르신이 틀림없습니다."

진무의 목소리 끝이 울먹이며 떨렸다.

하지만 염호의 눈빛과 표정은 더 깊어졌고, 더없이 쓸쓸해 보였다.

입을 꼭 다물어 버린 염호와 더불어 무겁게 짓누르는 침묵이 정풍곡을 가득 채워갔다.

진무와 장로들은 온갖 의문과 혼란 속에서도 그저 염호의 입이 다시 열리기만을 기다릴 수밖에 없었다.

그렇게 침묵이 이어졌다.

"모든 화산파 문도를 남천관 앞으로 모이게 해라."

나직하게 흘러나온 염호의 목소리. 그 후 천천히 돌아서 정풍곡을 벗어나는 염호를 그 자리의 모두가 혼란스러움 가득한 표정으로 지켜봐야만 했다.

점점 멀어져 가는 염호에게서 나직한 음성 한 줄기가 더해졌다.

"갈 때 가더라도 누군지는 알려줘야지……."

                    *   *   *

남천관 앞마당 여기저기 횃불이 밝혀지고 화산파 제자들이 하나둘 어리둥절한 표정으로 모여들기 시작했다.

"대사형! 대체 무슨 일이랍니까?"

"장문진인과 장로들께서 정풍곡에서 나오셨다."

"오오!"

"하아~! 드디어 지겨운 일들에서 벗어나는군요."

"다시 수련 시작입니까? 하하하하!"

송자건을 중심으로 가장 앞줄에 선 일대제자들끼리 나누는 대화가 마당 구석구석까지 퍼져 나갔다.

야심한 시각 갑작스런 명령에 당황하던 어린 제자들도 그때서야 사정을 이해하고 한결같이 밝은 표정들을 지었다.

두 달이 넘는 시간 동안이나 자리를 비웠던 장문인과 장로들이 수련을 끝내고 나오는 자리니 모두 모여 예로 맞이하는 것이 당연한 일이었다.

잠시 후 새하얀 능라의로 갈아입은 진무와 장로들이 남천관 앞으로 모습을 드러냈다.

제자들이 일제히 예를 차리려 하자 진무가 손을 들어 제지했다.

"태사조님께서 나오실 것이다."

"……."

"……."

진무의 목소리는 나직했지만 그 표정이 너무 무겁고 어두워 제자들의 얼굴에 당혹스러움이 깃들기 시작했다.

그런 제자들을 일별한 진무와 장로들이 천천히 계단을 내려와 일대제자들 앞에 도열했다.

삽시간에 화기애애했던 분위기가 식어버렸다.

진무도 그렇긴 했지만 폐관을 끝내고 나온 장로들의 어두운 표정이 어린 제자들을 잔뜩 위축시켜 버린 것이다.

다들 영문을 몰라 하면서도 누구 하나 입을 열지 못한 채 그저 태사조가 나오기만을 기다려야 했다.

머지않아 염호도 모습을 드러냈다.

커다란 도낏자루를 등에 걸치고 터벅터벅 걸어 나온 염호.

도열한 제자들이 일제히 염호를 향해 예를 표했다.

"삼가 태사조님을⋯⋯!"

"그만!"

우렁차게 메아리쳐오는 음성을 단호하게 잘라내 버린 염호.

진무와 장로들이 여전히 혼란스러움을 지우지 못한 얼굴로 염호를 올려다봤다.

하지만 염호는 그들을 향해 단 한 번도 시선을 주지 않았다.

"나는 너희 태사조가 아니다."

"⋯⋯!"

"⋯⋯!"

제자들의 첫 반응은 장로들이나 크게 다를 게 없었다.

단지 사람이 많다는 이유로 술렁임이 급속도로 커져갈

뿐, 그마저도 대장로 손괴가 고개를 돌려 눈을 부라리자 삽시간에 조용해졌다.

"나는 검신의 제자 또한 아니다."

"……!"

"……!"

연이어진 염호의 목소리에 또다시 당황할 수밖에 없는 제자들.

그러자 기다렸다는 듯 대장로 손괴가 나섰다.

"검신 태사조가 아니면 대체 누구시란 말씀이십니까?"

손괴의 격앙된 목소리는 또 다른 혼란을 가중시켰다.

뒤편에 선 어린 제자들은 물론 일대제자들마저 당황해 눈을 동그랗게 뜨고 여기저기로 고개를 돌려야 했다.

느닷없이 죽은 검신 태사조가 튀어나오니 당연한 반응일 수밖에 없었다.

그 혼란은 장로들이 눈을 치켜뜬 정도로 가라앉을 성질의 것이 절대 아니었다.

"나는 그저 검신 한호 행세를 했을 뿐이다. 그리고 이제 할 만큼 했다고 생각해 떠나는 것뿐이다."

"그럼, 대체 누구십니까?"

"대체 누가 있어 검신 태사조님을 흉내 낼 수 있단 말씀이십니까?"

정풍곡에서부터 품어온 의문과 혼란을 도저히 풀어내지 못한 장로 범중과 서림의 목소리 역시 잔뜩 격앙된 상태로 터져 나왔다.

염호의 시선이 천천히 장로들을 향했다.

혼란으로 가득한 얼굴.

그 너머 일대제자를 비롯해 어린 제자들은 얼이 빠진 모습들이었다.

"나는 과거에 죄인이었다."

"......!"

"......!"

"나는 화산파에 갇혀 수십 년을 지낸 죄인이다."

"그게 무슨?"

"말도 안 되는!"

"태사조님! 대체 정말 왜 이러시는 겁니까!"

여태 잠잠하던 다른 장로들이 벌컥 해서 목소리를 높이기 시작했다.

도무지 말이 되지 않는 소리기 때문이다.

억지를 부려 될 일이 있고 안 될 일이 있는 것이란 생각들.

만에 하나 천에 하나 검신 태사조가 아니라고 해도, 한낱 화산파의 죄인이 검신의 무공까지 펼친다는 것은 도저히 설명되지 않는 일이었다.

염호의 표정이 더없이 씁쓸하게 변해갔다.

"내 이름은 염세악이다."

"……?"

"……?"

"세상은 나를 천살마군이라 불렀다."

"……!"

"……!"

일순간 남천관 전체에 숨소리 하나 들리지 않을 고요가
내리깔렸다.

천살마군.

그 이름을 들어본 이도, 처음 듣는 이도 똑같은 반응이었
다.

별호에 붙어 있는 마(魔)란 글자의 의미, 그 두려움을 모
르지 않기 때문이었다.

그렇다고 해도 염호의 말을 단번에 곧이곧대로 믿는 이
는 없었다.

그저 무슨 사연이 있기에 태사조가 저럴까 하는 마음일
뿐.

그때였다.

제자들의 가장 뒤편, 후미 쪽에서 느닷없는 울음소리가

터져 나왔다.

"우아앙~!"

"아니에요! 태사조님이 염세악일 리가 없어요!"

"염세악이는 천하에 나쁜 놈이잖아요!"

"그놈은 진짜 나쁜⋯⋯! 으아아앙!"

청아원 아이들의 울음이 들불처럼 번져 가기 시작한 것이다. 하지만 그 누구도 먼저 나서 어린아이들을 달래지 못했다.

누구 하나 예외 없이 겪고 있는 어마어마한 혼란 때문이었다.

그 순간 염호의 표정이 달라지기 시작했다.

차갑게 식어가는 얼굴.

더불어 염호의 전신에서 어둠보다 더욱 선명한 암흑이 뭉게뭉게 피어올랐다.

"⋯⋯!"

"⋯⋯!"

앞선 장로들이 눈을 부릅떴고, 일대제자들은 저도 모르게 검을 손에 쥐었다.

이대와 삼대제자들은 그 자리에 선 채 얼굴이 하얗게 질려 버렸고 울던 아이들 역시 눈앞에 호랑이라도 만난 듯 바들바들 떨었다.

염호의 전신을 휘감아 오르기 시작한 소름 끼치는 기운.

의심하고 말 것도 없는 마기였다.

더불어 점점 흰자위가 까맣게 변해가는 염호의 눈동자를 보며 화산파 문도 모두가 그 자리에서 얼음덩어리처럼 굳어져 버렸다. ·

감히 쳐다보는 것만으로도 죽을 것 같은 두려움과 공포를 견디기 힘들었던 것이다.

"이제는 알겠느냐?"

후아아악!

나직한 목소리와 더불어 시꺼먼 마기들이 삽시간에 염호의 전신으로 빨려 들어갔다.

"헉!"

"흐압!"

"으으으으!"

마기 걷히고 여기저기 비명과 함께 휘청거리는 제자들이 속출했다.

염호는 그런 화산파 제자들을 향해 눈길 한 번 주지 않았다.

오히려 남천관 담장 밖에 선 채 넋이 나가 버린 연산홍과 취성, 홍괴불을 쳐다봤을 뿐이다.

그들 세 사람 또한 실성한 사람처럼 염호를 쳐다보고 있을 뿐이다.

염호는 그 반응이 천살마군이란 자신의 정체 때문인지, 아니면 조금 전의 마기 때문인지 판단하려 하지 않았다.

그저 얼굴에 어딘지 서글퍼 보이는 웃음이 걸렸을 뿐이다.

"즐거웠다. 참으로……."

쾅!

지면을 박찬 염호의 신형이 빛살처럼 허공으로 치솟아올랐다.

밤하늘 유성처럼 어둠을 가르며 순식간에 사라져 가는 염호.

화산파 제자 모두가 넋이 나간 얼굴로 그 모습을 그냥 지켜봐야만 했다.

그때였다.

"어… 어르신!"

콰쾅!

진무가 두 발로 땅을 박찼다.

"어! 르! 신!"

미친 듯이 염호를 부르며 날아가는 진무.

하지만 남은 장로들과 제자 중 누구도 그 뒤를 따라나서는 이는 없었다.

모두가 그저 그 자리에서 부들부들 떨고 있을 뿐…….

"왜?"

"허헉! 헉! 어르신!"

"쯧~! 숨넘어가겠다, 이눔아!"

연화봉에서 몇 개나 산봉우리를 넘어 나오는 절벽 끝에서 진무를 기다리고 있던 염호.

그 앞에 멈춘 진무의 눈가는 미친 듯이 떨렸다.

"대체! 왜? 왜? 그러신 겁니까?"

그렁그렁 곧 떨어져 내릴 것 같은 눈물을 삼키는 진무의 음성이 이름조차 붙지 않은 절벽 위를 가득 메아리쳤다.

"흠… 왜 그랬냐고?"

"……."

"네 녀석들 때문이다."

"……?"

"뭐라고 불러도 상관없었다. 그게 검신이든 한호든 다 참을 수 있었어."

"대체 무슨 말씀을……?"

"하지만 장평이 그놈도, 저 위에서 내가 한호인 줄 알 거 아니냐?"

"……!"

"진무 너도 죽을 때까지 그럴 테지? 다른 놈들도 그렇고."

"어르신!"

"최소한 말이다… 누군가에게는… 그럴 가치가 있는 놈들에겐 말하고 싶었다. 그것도 못하고 사는 건, 사는 게 아니지."

"……."

"진무야……."

"……."

"똑똑히 알아두거라. 나는 천살마군 염세악이다."

"……."

"처음 봤을 때부터 나는 천살마군이었단 말이다."

第六章

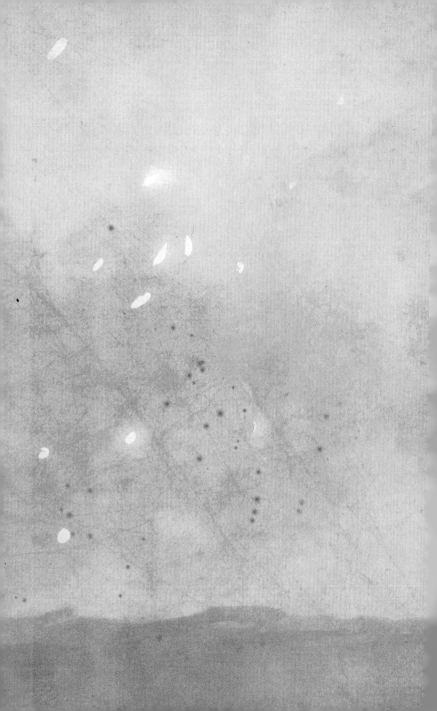

질식할 것 같은 무거운 침묵이 화산파 경내를 짓눌렀다.

제자들의 땀방울과 기합 소리로 가득하던 연무장은 텅비어버렸고, 아이들의 목소리로 시끌벅적하던 청아원은 고요함에 휩싸였다.

그 어디를 둘러봐도 오가는 이의 그림자를 찾을 수 없었다.

단지 전각의 구석진 곳이나 후미진 나무 아래, 혹은 담벼락 그늘 어딘가에 털썩 주저앉아 있는 제자들이 있을 뿐이다.

더위에 지쳐 널브러진 강아지 새끼마냥 맥없이 앉아 있는 화산파의 제자들. 나이가 많고 적고 항렬이 높고 낮음에 상관없이 다들 얼이 빠져 버린 표정이었다.

퀭한 눈으로 하염없이 하늘을 올려다보거나, 입을 헤 벌리고 있다 실성한 사람처럼 히죽거리거나, 그러다 또 어디선가 흐느끼는 울음소리가 들려오기도 했다.

그런 일들이 곳곳에 벌어졌지만 누구 하나 나서서 달래는 이도 없었고 다독이는 이도 없었다.

"어떻게 그럴 수가……. 어떻게 이런 일이……."

화산파의 장제자이며 매화검수의 수장인 송자건의 나직한 뇌까림이 자운전 처마 아래를 울렸다.

하지만 함께 자리한 일대제자 중 누구 하나 송자건을 쳐다보지 않았다.

단지 맞은편 담장 너머에 위치한 장로전을 멍한 눈으로 쳐다볼 뿐이었다.

장문인을 비롯한 장로들이 그 안으로 들어간 지 이틀이 흘렀다.

이틀 밤낮, 태사조가, 아니, 태사조를 사칭한 이가 훌쩍 떠나가 버린 그 시간.

그 시간이 모든 것을 뒤바꿔 버렸다.

"이이익! 이건 말도 안 돼!"

일대제자 중 일곱째인 표운이 자리를 박차고 일어섰다.

온몸을 간질 걸린 환자처럼 부들부들 떠는 표운.

"그럴 리가 없잖습니까? 태사조님이! 어떻게 마인일 수 있습니까?"

"……"

"……"

"네? 사형들! 제발! 말씀들 좀 해보세요!"

표운이 목구멍이 찢어질 듯 비명을 질러보지만 모두 귓구멍이 막혀 버린 듯 들은 척도 하지 않았다.

"그럴 리가 없잖습니까! 사형들! 우리가 잘못 본 겁니다. 태사조님은 절대……!"

턱!

고래고래 소리치는 표운의 어깨를 다섯째 우대강이 움켜쥐었다.

"우 사형!"

표운이 뭐라 항변하려 하자 우대강이 가만히 고개를 저었다.

큰 덩치만큼 과묵한 우대강이 천천히 고개만을 내젓는데 표운은 더 이상 소리칠 수 없었다.

우대강의 투실투실한 볼살 위로 소리 없는 눈물만 줄줄

흘러내리고 있었기 때문이었다.

표운은 우대강의 큼직한 손길에서 전하는 슬픔의 무게를 더 이상 견디지 못하고 힘없이 주저앉았다.

그 후로 다시 자운전 처마 아래 모인 일대제자들 사이로 무거운 침묵이 계속되었다.

장로전 안의 분위기는 바깥쪽과는 또 달랐다.

밖의 분위기가 적막하다면 장로전 안은 그야말로 삭막하다는 말로도 부족할 지경이었다.

꼬박 이틀을 함께 자리하고 있었다.

하지만 그 이틀 동안 누구도 입을 떼지 않았다. 서로를 향해 눈도 마주치지 않았다.

다만 이따금씩 세상이 무너져 버릴 것 같은 한숨이 누군가에게서 흘러나왔을 뿐, 그 누구도 먼저 나서 말문을 여는 이가 없는 것이다.

상석에 앉은 장문인 진무도, 마땅히 이 자리를 주관해야할 대장로 손괴 역시도 막막하고 또 먹먹한 얼굴로 각자의 상념에만 함몰되어 있었다.

아무리 시간이 흘러도 그 모습들이 전혀 변하지 않을 것같은 분위기가 끝없이 이어질 것 같던 그때, 장로전 밖으로부터 거침없는 발걸음 소리가 들려왔다.

쾅!

문짝이 부서질 듯 활짝 열리고 장로들과 진무의 고개가 힘없이 돌아갔다.

지난 이틀 사이 수십 년은 더 늙어버린 듯한 얼굴들.

문짝을 열어젖힌 이가 장로들을 지그시 바라보다 털썩 무릎을 꿇었다.

평소라면 황망한 표정으로 그를 만류했을 장로들은 삶의 의미를 포기한 것처럼 퀭한 눈으로 무릎 꿇은 이를 쳐다보기만 했다.

"장문진인, 장로진인들."

"……."

"……."

"사특한 이의 꾐에 빠진 나 기영도는 더 이상 속가제자가 아니외다."

느닷없는 말에 진무와 장로들의 낯빛이 급격히 흐려졌다.

눈앞의 기 사형을 속가로 인정한 이가 염호인데, 그가 없어졌으니 이제 자격도 없어졌다는 말을 뱉고 있는 것이다.

"더불어 마인에게 배운 산화무영수 역시 화산파의 무공이 아니니, 이 자리에서 무공을 거두겠소."

무릎 꿇고 앉은 기 사형이 왼손을 번쩍 들어 올렸다.

촌각의 망설임도 없이 손날을 세운 기 사형이 그대로 자신의 오른쪽 어깨를 끊기 위해 손을 움직였다.

진무가 순식간에 자리를 박차고 탁자를 뛰어넘었다.

척!

기 사형의 팔목을 간신히 붙잡은 진무.

"기 사형!"

"놓으시오, 장문! 마인에게 배운 무공을 거두려 함이니."

기 사형은 너무나 차가운 눈으로 진무를 바라봤다.

그리고 그 너머 놀란 장로들의 얼굴을 향해서도 더없이 냉담한 눈빛을 쏘아 보냈다.

"검신무란 무공 역시 마인이 전한 무공이니 이를 익힌 제자라면 마땅히 폐공형을 취해야 할 것이 아니겠소?"

"······!"

"······!"

"청아원 아이들이 익혔다는 역강육십사공 역시 염세악이 가르친 것이라 하니 아이들을 모조리 제도수형에 처해 문외로 쫓아버려야 할 것이오."

"······."

"······."

"임독양맥을 타통한 것 역시 마인 염세악의 덕분이니 그 혜택을 입은 자라면 마땅히 내공을 전폐해야 함이 화산의 법도!"

기 사형의 목소리는 점점 더 커져갔다.

더불어 진무와 장로들의 얼굴은 더욱더 짙은 어둠에 잠식되어 갔다.

"정녕 그러길 바라는 것이오?"

"……."

"정히 그리되기를 바라고 있느냔 말이오!"

기 사형의 일갈이 진무와 장로들의 얼굴을 더욱 처연하게 만들었다.

기 사형이 붙잡혔던 진무의 손을 뿌리친 뒤 천천히 일어섰다.

"산화무영수는 산화수와 무영권을 합하여 만든 화산파의 무공이외다. 본래부터 화산파의 것, 누가 만들었느냐는 중요한 것이 아니오."

기 사형은 활짝 열어놓은 장로전 문을 다시 한 번 쾅 소리 나게 닫은 뒤 사라졌다.

남은 장로들의 침통함이야 이로 다 말로 할 수가 없는 상황, 진무 역시 크게 다르지 않았다.

한참이나 멍하니 홀로 서 있던 진무의 입술 사이에서 어느 순간 나직한 목소리가 흘러나왔다.

"본래… 화산파의 것……."

장로전 안을 나직하게 울리는 음성에 장로들의 표정이 하나둘 달라지기 시작했다.

짙은 어둠이 서서히 걷혀갔지만 그렇다고 침통한 얼굴들이 한꺼번에 사라진 것은 아니었다.

태사조란 이름으로 함께했던 이의 그림자가 그만큼이나 짙게 남아 있었기 때문이었다.

*   *   *

"어떻게 생각하느냐?"

"……."

"용천장은 가만히 두고 볼 참이냐?"

조용히 화산파를 떠난 연산홍과 취성의 목소리가 한적한 산길에서 이어졌다.

"무슨 말씀이시죠?"

연산홍의 눈빛과 음성이 차가워졌다.

하지만 취성 또한 살아온 연륜만큼의 깊이가 묻어나는 얼굴이었다.

"천살마군 염세악. 정말 모른 척할 셈이냐?"

"……."

"화산은 또 어떻고? 마인과 결탁한 문파가 그 성세를 누리는 것을 그저 지켜만 보겠다는……?"

우뚝!

나란히 걷던 연산홍이 갑자기 발걸음을 뚝 멈추고 그 어떤 감정도 느껴지지 않는 눈빛으로 취성을 쳐다봤다.

"진짜 목적을 말하세요."

말투부터 너무나 서늘하게 변한 연산홍. 그 순간 취성의 눈매 역시 거칠게 꿈틀거렸다.

"고얀~!"

순간 연산홍의 손이 거칠게 주먹을 말아 쥐었다.

쫘드득!

"개방이, 아니, 정파무림이 화산의 그늘을 두려워하는 것이 진실입니다. 아닌가요?"

연산홍의 거침없는 음성에 취성의 얼굴 전체가 부들부들 떨렸다.

"정녕!"

후아악!

취성의 누더기 주위로 거센 기파가 피어올랐지만 연산홍은 눈썹하나 까딱하지 않았다.

"소녀, 용천의 주인입니다. 원한다면 상대해 드리지요."

마치 깎아놓은 목각인형이 입술만 달싹이는 것처럼 나직한 음성을 내뱉는 연산홍.

취성이 부들부들 떨다 횡하니 뒤돌아섰다.

"마(魔)는 영원히 마일 뿐이다. 후회할 날이 올 것이다."

그대로 자리를 박찬 취성의 신형이 순식간에 아스라이 사라져 갔다.

그럼에도 연산홍은 오래도록 그 자리에서 움직이지 않았다.

"적이라면 싸우겠지요. 하지만 아직 아니질 않습니까?"

연산홍이 천천히 고개를 돌렸다.

옅은 구름에 휩싸인 화산 연화봉의 모습이 멀고도 흐릿하게 눈 안으로 들어왔다.

쿠쿵!

순간 심장이 툭 떨어져 내리는 커다란 울림이 선명이 들려왔다.

천천히 손을 들어 올린 연산홍이 자신의 심장 쪽으로 손을 댔다.

쿠쿵! 쿠쿵! 쿠쿵!

점차 빨라지고 가빠지는 맥동.

아주 어렸을 적, 어느 날 훌쩍 아버지가 사라졌던 날 이후 처음으로 다시 찾아든 느낌이었다.

심장에서 손을 땐 연산홍의 눈빛이 점점 더 깊어졌다.

"으하아암~! 좀 자도 되겠네."

자신의 가슴에 풀썩 쓰러져 잠이 들어 버린 소년이 마치 눈앞에 있는 것만 같았다.

"염 공자님… 검신… 염세악… 천살마군… 진짜 당신은 누구입니까?"

*   *   *

땅거미가 뉘엿뉘엿 질 무렵 화산파 모든 문도가 상청관 앞에 운집했다.

축 처진 어깨와 더불어 힘을 잃은 걸음으로 도열한 제자들.

장문인 진무가 담담한 얼굴로 그들을 훑어보기 시작했다.

"머잖아 본 문에 큰 위험이 닥칠 수도 있다."

진무는 그 자리 누구도 짐작 못한 이야기를 서두로 꺼내 들었다. 제자들이 하나둘 고개를 갸웃하며 진무를 주시하기 시작했다.

"강호에 비밀이란 없기 때문이다."

"……!"

"……!"

"이럴 때일수록 흐트러짐 없이 모든 것에 임해야 함을 명심하라."

진무의 말이 어떤 의미를 담고 있는지 알아챈 제자들의 표정이 대번에 달라졌다.

장로들과 일대제자들 사이에 묘한 긴장감이 흐르기 시작하자 정확한 영문을 모르면서도 이대와 삼대제자들의 표정 또한 달라져 갔다.

"재주는 갈무리하되 겉으로 뽐내지 말아야 하느니, 시기하는 자는 어디에나 있는 것이다."

연이어진 진무의 나직한 음성.

제자들이 몸가짐을 바로 한 채 진무를 향해 눈길을 고정했다.

위태위태한 분위기를 일신하기 위해 모두를 소집한 장문인이 현기 가득한 진언으로 깨우침을 내리려 함을 아는 것이다.

"곧게 자란 나무가 제일 먼저 베이고 맛이 단 우물이 빨리 마른다고 했다."

"……."

"호랑이와 표범이 사냥을 당하는 것은 그 무늬로 인해 사냥꾼을 불러 모으는 덫이다."

"……."

"그렇다고 너무 경계할 필요도 없느니라. 못이 깊으면 물고기가 자라나 모여들고, 산이 무성하면 새와 짐승이 모여들며, 사람이 훌륭하면 인의가 저절로 따르게 마련이기 때문이다."

진무의 음성이 한마디 한마디가 이어질 때마다 제자들의 얼굴 가득하던 그늘은 점점 걷어지고, 새롭고 결연한 의지들이 덧칠해지기 시작했다.

하나같이 지금 시기에 가슴에 꽉꽉 꽂히는 진언들이었다.

"절제를 잊지 말아야 한다. 절제를……."

담담히 말을 이어가던 진무가 어느 순간 꾹 입을 닫아버렸다.

단 한마디도 놓치지 않으려는 듯 진무에 집중하고 있던 제자들은 숙연한 모습으로 진무의 입이 다시 열리기만을 기다렸다.

하지만 진무는 더 말을 잇지 못했다.

평생을 살며 수천수만 번을 되뇌던 말이라 너무나 선명한 가르침들.

그 모든 것이 과거의 어린 자신을 위해 염세악이 해준 말들이었다.

마치 어린 날 그때로 돌아간 듯 선명하기만 한 그 목소리가 전해져 심장을 후벼파는 듯 아프게 했다.

"…절제를 잊지 말아야 한다. 이 할애비는 지난날 절제를 몰라 많은 후회를 남겼다. 너무 방만하여도 절제를 못한 것이요, 너무 인내해도 절제를 못한 것이다. 알겠느냐?"

남천관의 제자로 배속받아 이별을 고하던 날 들려준 이야기들.

'어르신이… 그런 어르신이 어떻게 천살마군일 수가 있습니까?'

너무나 원통하고 분해 하늘을 향해 소리라도 치고 싶었다.

하지만 그래선 안 된다는 것을, 그럴 수 없는 것이 화산파 장문인의 위치라는 이제는 받아들여야만 했다.

"…천살마군 염세악……."

진무의 나지막한 목소리가 상청관 앞에 모인 제자들의 표정을 일제히 돌덩이처럼 굳게 만들었다.

"그는 천하무림의 공적이며… 본 문의 형옥을 탈주한 죄인이다."

"……!"

"……!"

"모든 속가와 강호무림에 통문을 돌려 이 사실을 알리고, 본 문을 기만한 그를 제일 화산파의 적으로 간주하여 추포 또는……."

"장문진인!"

송자건의 외침이 진무의 목소리를 끊었다.

목울대가 꿀렁거리고 곧 쏟아질 것 같은 눈물을 참느라 완전히 구겨진 얼굴의 송자건.

쿵!

그는 털썩 무릎을 꿇고 이마에 피가 나도록 머리로 바닥을 찧었다.

그러고도 송자건은 아무 말도 하지 못했다.

연이어 일대제자들이 하나둘 무릎을 꿇기 시작했다.

그들 역시 송자건과 똑같은 모습이었다.

그럼에도 누구하나 차마 입을 열어 진무에게 항명할 수 없었다.

마인을 두둔할 수 없기 때문이었다.

화산의 지엄한 제일법도는 마와 공존할 수 없음을 천명하고 있었다.

그걸 너무나 잘 아는 화산파 제자들이 어찌 천살마군의 편을 들 수 있겠는가.

쿠쿠쿵!

쿠쿠쿠쿠쿠쿵!

뒤편에 도열한 이대와 삼대제자들이 무릎을 꿇고 연이어 바닥에 머리를 박기 시작했다.

"흐흑!"

"크윽!"

"태사조님! 으으윽!"

누군가 기어코 오열을 쏟아내자 참고 있던 이들의 울음이 봇물처럼 터져 나왔다.

머리로는 그렇다고 하는데 가슴이 받아들이지를 못하는 것이다.

염세악과, 또 염호와 함께했던 그 시간들이 도저히 떨쳐지지 않는 것이다.

주르륵!

진무 또한 쏟아져 내리는 눈물을 막지 못했다.

고작 일 년을 함께 보낸 제자들이 그러할진대 진무의 마음이야 오죽했을까.

그럼에도 화산파의 장문으로서 반드시 해야만 하는 말이었다.

"…하여 장문령으로 천살마군에게… 척살……."

마지막 말을 도저히 끝맺지 못하는 진무. 통곡하는 제자들의 목소리가 자신의 마음과 똑같음을 느꼈기 때문이다.

하지만 결국 할 수밖에 없는 말이었다.

이를 밝히지 않으면, 마인을 태사조로 모시고 위세를 얻었다 떠들 무림인들에 의해 화산파가 무림공적이 될 것이라는 사실이 너무나 명명백백했다.

진무는 피가 나도록 입술을 깨물고 눈물을 참기 위해 하늘을 향해 고개를 쳐들었다.

'어르신… 왜 하필… 왜 하필……!'

점점 짙어가는 운무가 연화봉을 휘감아가는 것을 보며 진무도 화산파의 제자들도 오래도록 흐느낌을 멈추지 못했다.

그러던 어느 때였다.

노을에 비쳐 붉게 물들어 가는 운무를 가로질러 시꺼먼 그림자 하나가 쏘아져 온 것이다.

"……!"

진무가 눈을 부릅떴다.

홀로 떠다니는 시꺼먼 가마, 더불어 온갖 전설과 신비의 주인공인 그 무인흑교였다.

그 정체불명의 가마가 다시 화산파를 찾아온 상황.

진무의 얼굴에 긴장감이 퍼지는 순간 또다시 예기치 못

한 일이 벌어졌다.

슈우웅!

화살처럼 날아오던 가마가 그대로 힘을 잃고 추락하기
시작한 것이다.

덜컹!

추락 직전의 가마 문이 열리고 시꺼먼 그림자가 휙 하니
쏘아져 나왔다.

콰콰쾅!

무인흑교가 상청관 뒤뜰에 처박히며 굉음을 토하는 사이
가마에서 튀어나온 인영이 진무 앞으로 뚝 떨어져 내렸다.

진무뿐 아니라 이제껏 통곡하던 제자 모두가 아연실색해
질 수밖에 없었다.

"큰일……! 태사조님은 어디……?"

다급한 목소리로 진무를 향해 소리치는 이는 다른 누구
도 아닌 신웅담이었다.

그리고 그 품에는 당장 죽어도 이상할 것 없어 보이는 노
파 하나가 죽은 듯이 잠들어 있었다.

*　　　*　　　*

"허어~ 이 일을 대체 어찌하면 좋겠습니까?"

옥허궁의 서림이 긴 한숨과 함께 다른 장로들을 조심스럽게 쳐다봤다.

"어쩌긴 뭘 어쩌겠는가? 막내에게도 사실대로 말하는 수밖에……"

대장로 손괴가 하는 수 없다는 듯 말끝을 흐렸지만 다른 장로들의 표정은 더욱 어두워졌다.

막내인 신웅담이 검신 태사조를 얼마나 끔찍이 생각하는지 다들 너무 잘 알기 때문이었다.

"그나저나 대체 무슨 일일까요?"

"그러게 말일세. 황궁에 들렀다 온다던 막내가 어째서 무인흑교를 타고……"

장로 유학선과 범중이 한마디씩을 거들자 장로들의 시선이 일제히 소요정 쪽으로 향했다.

그 안에 장문인과 신웅담, 그리고 정체불명의 노파와 총림당주 왕심봉이 들어간 지 벌써 한 시진이 흘렀다.

숨이 꼴딱 넘어가기 직전의 노파를 품에 안은 채 다급하게 반드시 살려야 한다고 소리치던 신웅담의 모습이 떠올라 다들 더욱 심란한 눈빛일 수밖에 없었다.

소요정 앞쪽 뜰에서 장로들의 서성임이 한참을 더 이어지던 때 조심스레 소요정의 문이 열렸다.

장문인 진무와 신웅담이 모습을 드러내자 장로들 모두가

걱정스런 눈빛으로 그들을 맞았다.

대체 두 사람이 무슨 말들을 나눴을지 전혀 모르기 때문에 두 사람의 눈치를 살피는 것도 잊지 않았다.

그럼에도 진무나 신응담 모두 얼굴빛이 들어갈 때와 큰 차이가 없어 장로들의 근심은 더욱 깊어졌다.

"노파는 총림당주가 잘 돌볼 터이니 우선 우리끼리 얘기 좀 하세."

진무의 목소리에 신응담이 송구한 표정으로 답했다.

"감사드립니다, 장문사형! 경황없는 와중에도 제 말만 믿고 귀한 약재들을 내주셔서……."

신응담이 조심스럽게 예를 표하자 진무도 천천히 고개를 끄덕였다.

"대체 어찌 된 영문인가?"

진무의 물음에 신응담이 고개를 든 뒤 주변을 살폈다.

"태사조님은요?"

"……."

"흐음……."

"큼……."

진무는 아무 말도 못했는데 오히려 장로들이 당황해 헛기침을 하며 괜히 시선을 여기저기로 돌렸다.

"화급을 다투는 일입니다. 어서 빨리 태사조님을 뵈어야 합니다."

신응담이 다급하게 목소리를 높였다.

"그보다 어쩐 일이냐고 묻질 않는가?"

그런 분위기를 눈치챈 진무가 담담하면서도 묵직한 음성
을 내뱉었다.

신응담이 하는 수 없다는 듯 여태 꼭 움켜쥐고 있던 검을
내밀었다.

"여기……."

"……?"

진무가 고개를 갸웃하며 검을 받아 들었다. 장로들 역시
다들 이해하기 힘들다는 얼굴이었다.

그들은 잠시 뒤에야. 그 검이 평소 사용하던 신응담의 것
이 아님을 알아봤다.

스릉!

고개를 갸웃거리며 받아 든 검을 조심스레 뽑은 진무.

"……!"

"헉!"

"자… 하… 신… 검!"

진무뿐 아니라 장로 모두의 눈동자가 뒤집힐 듯 흔들거
렸다.

"태사조님께 전해 드려야 합니다."

"……."

"……."

"사형들! 한시가 급한 일입니다. 어서 빨리 태사조님을 뵈어야 하는 일이란 말입니다."

신웅담의 목소리가 쩌렁쩌렁 울렸지만 장로들은 더욱 난감한 표정으로 하나둘 힘없이 고개를 돌렸다.

진무가 하는 수 없다는 듯 긴 한숨과 함께 입을 떼기 시작했다.

"후~ 신 사제. 사실 태사조님은 말일세……."

순간 신웅담의 눈빛이 번뜩였다.

"다들 알아버리신 겁니까?"

"……?"

진무와 더불어 장로들이 당황한 얼굴로 쳐다봤지만 신웅담은 오히려 한시름 놨다는 표정이었다.

"사형들이야 몰랐다 해도 저는 벌써부터 태사조께서 반로환동하신 검신 태사조란 사실을 알고 있었습니다."

"……."

"……."

더욱더 당황한 눈빛의 장로들.

신웅담은 그 잠시간 오히려 안도했다는 얼굴을 지어 보였다.

신웅담 입장에선 그 비밀을 반드시 감추어야 한다는 생각 때문에 따로 태사조를 만나고자 했던 것이다.

진무가 답답한 마음에 사정을 설명하려는 순간 신웅담의 말문이 먼저 열렸다.

"다들 아셨다니 감출 것도 없겠습니다. 자하신검은 검신 태사조님께서 마지막으로 사용하신 검입니다. 그런데 이 검 안에 마교주의 원령이 봉인되어 있었습니다."

"……!"

"……!"

"사제, 그게 대체 무슨 소리인가?"

어안이 벙벙해져 말문이 막혀 버린 진무를 대신해 대장로 손괴가 입을 열었다.

"그래서 검신 태사조님을 뵈어야 한다는 겁니다."

"허어~!"

"이거 참!"

철썩같이 염호가 검신이라 믿고 있는 신웅담을 보며 장로들의 표정과 눈빛은 더욱 복잡해질 수밖에 없었다.

"대체 왜들 이러십니까? 황궁에서 무슨 일이 생긴 줄이나 아십니까? 마교주의 원령 때문에 자칫 황제가 죽을 뻔했습니다."

"……!"

"……!"

"그뿐인 줄 아십니까? 원령이 황족의 몸으로 들어간 뒤 금군의 생기를 빨아먹었습니다. 수백 명이 그 자리에서 뼛가루가 되어 부서지고 황궁 전체가 절단 날 뻔했습니다."

진무와 장로들은 얼이 빠진 모습으로 신웅담을 그저 바라보기만 했다.

"막내야… 대체 그게 다 무슨 말인가? 마교주라니?"

장로 서림의 목소리에 신웅담도 더욱 답답하단 얼굴이었다.

"나도 모른단 말입니다. 그러니까 검신 태사조께……."

"그는 검신 태사조가 아니다."

신웅담의 말을 가르고 나온 것은 정신을 수습한 진무였다. 반대로 이번에는 신웅담이 이건 또 무슨 소리인가 하는 표정을 지었다.

"그자의 정체는……."

그 순간이었다.

털컹!

소요정의 문이 열리고 곧 죽을 것 같은 얼굴의 노파가 힘겹게 걸어 나왔다.

그 옆에 약사발을 든 왕심봉이 안절부절못하고 있었지만 감히 노피를 막지 못했다.

"나는… 신수궁의 마지막 주인… 취벽이라 하느니……."

마지막 힘을 쥐어짜듯 비틀거리는 걸음 속에 흘러나오는 노파의 음성에 화산의 장로들이 또다시 당황할 수밖에 없었다.

"…깨어난 흑제가… 자신의 육신을… 찾게 해선 절대로… 쿨럭!"

노파의 입에서 시꺼멓게 죽은피가 한 사발이나 뿜어졌다.

신응담이 화들짝 놀라 그녀를 부축하기 위해 몸을 날렸다.

"됐느니… 나는… 이미 죽었어야 할 몸! 검신… 그가 준비한 아이만이 그를 막을 수… 부디 그 아일 내게……."

비틀거리던 노파가 썩은 고목처럼 쓰러지는 것을 신응담이 간신히 붙들었다.

희미하지만 아직 숨결이 붙어 있음을 확인한 신응담이 노파를 안고 소요정으로 뛰어 들어갔다.

남겨진 이들은 황당한 가운데도 노파가 내뱉은 말의 의미를 이해하기 위해 머리통이 쥐가 날 지경이었다.

"다들 뭐하십니까? 어서 빨리 태사조님을 찾아오십시오!"

＊　　＊　　＊

음습하고 눅눅한 공기가 가득한 지하 뇌옥 안으로 소리
도 없는 그림자 하나가 스며들었다.

수십 개의 쇠창살로 가로막힌 뇌옥마다 포승줄로 꽁꽁
묶인 이들이 가득 들어차 있었다.

작고 꾸부정한 그림자는 창살이 길게 늘어선 복도를 가
로질러 뇌옥의 끝 방까지 그 어떤 소리나 기척도 없이 도달
했다.

그곳은 다른 이들의 뇌옥과는 달리 지푸라기 하나 깔린
것이 없이 깔끔했고, 그 맨바닥 가운데 정갈하게 머리를 묶
은 노인만이 홀로 좌정하고 있었다.

"흘흘… 꼴이 말이 아니구먼."

노인이 눈을 번쩍 뜨고 그림자를 쳐다봤다.

"늙은 거지? 네놈이 무슨 일이냐?"

노인의 눈매는 날카로웠고 적의로 가득 차 있었다.

그도 그럴 것이 검성이란 드높은 명예와 북검회의 힘으
로 천하를 발아래 두려 했던 꿈들을 사사건건 방해한 이가
눈앞의 취성이기 때문이다.

"미안하게 됐네."

"……?"

"미안하이. 눈앞의 진짜 적을 몰라보고 내 그간 엄한 짓을 했어."

"무슨 헛소리를!"

"마(魔)가 준동하고 있음을 전혀 몰랐다네."

"대체 무슨……?"

"이대로 천하가 도탄에 빠지게 둘 순 없어 결단을 내렸네!"

검성은 전혀 이해하지 못하겠단 얼굴로 취성을 바라봤다.

"화산파가 마의 본거지였음을 눈앞에 두고도 몰랐네. 진정 미안하이……."

검성의 눈초리가 서서히 일그러졌다.

화산파 장로에게 혈도를 제압당했다지만 스스로의 힘으로 풀어버린 지 오래였다.

다만 북검회의 본거지를 황궁의 병사들이 점거하고 있는 이상 탈출은 의미가 없기에 참고 있었을 뿐이다.

이대로 도망친다면 결국 역모 죄를 순순히 인정하고 마는 것.

검성이 뇌옥 안에서 인내하고 버텨온 이유였다.

"그 옛날 함께 악에 맞섰던 우리가 아닌가?"

취성의 절절한 음성에 검성 또한 나직이 고개를 끄덕였다.

검성이 천천히 몸을 일으켰다.

"마의 세력에 강호를 지키는 것이 나, 엽무백의 사명."

"……."

"평생 강호를 위해 살아온 나를 하늘이 버리지 않았음이야."

*   *   *

어두운 밤하늘, 유성처럼 창공을 가르며 지나가는 그림자 하나가 있었다.

하늘을 떠받들 듯 우뚝 솟은 높다란 절벽 위로 뚝 떨어져 내린 그림자가 주변을 천천히 살피기 시작했다.

"흠! 여기 어디 천래궁이 있다고 했겠다."

눈을 번쩍 치켜뜬 채 수없이 많은 산봉우리 여기저기를 뚫어져라 쳐다보는 눈빛이 번뜩이기를 계속됐다.

"흑제야! 흑제야! 일단 너랑 먼저 끝장을 봐야 나도 사는 게 편하겠단 말이다."

눈을 부리부리 뜬 채 삐쭉 솟은 산봉우리 여기저기를 훑어가는 염호.

그 눈빛이 갑자기 굳어졌다.

그대로 설벽을 박찬 염호의 신형이 새처럼 날아 봉우리

와 봉우리 사이를 관통했다.

슈— 아— 악!

염호가 지나간 자리로 거센 바람 소리가 메아리쳤고 그 신형은 순식간에 산자락 몇 개를 지나 가파른 절벽 가운데로 뚝 떨어져 내렸다.

콰쾅!

지면이 들썩일 정도로 요란한 굉음을 터뜨리며 자신의 등장을 알린 염호.

"흐음?"

염호는 살짝 고개를 갸웃하며 눈앞의 자리한 거대한 석문을 쳐다봤다.

사람 키보다 열 배는 높은 문이 절벽을 막고 있으며, 그 좌측으로 절벽 아래로 이어진 자그마한 돌계단은 끝도 없어 보였다.

"쯧! 하여간 그 인간, 취향하고는!"

염호가 툴툴거렸다.

십만대산에 위치한 마교의 본거지도 그랬지만 보통 사람은 오가는 것만으로도 목숨을 걸어야 할 험지에 죽치고 있는 꼴이 신기해서였다.

처음 흑제를 찾아가던 때의 오래된 기억들이 떠올라 묘한 감흥마저 드는 기분이었다.

"뭐! 어차피 끝장을 보려고 왔으니……."

염호가 등에 멘 패왕부를 꺼내 들었다.

슈앙!

퍼서석!

경쾌한 바람 소리와 함께 거대한 석문 한가운데가 가루처럼 무너져 내렸다.

사람 하나 들어가기 딱 좋은 구멍이 뻥 뚫렸고, 염호는 조금도 지체 없이 안쪽으로 발걸음을 옮겼다.

흩날리는 돌가루를 손바닥으로 휘휘 저어 밀쳐 내며 대여섯 걸음을 옮긴 염호가 우뚝 발걸음을 멈췄다.

새까만 어둠 속이지만 안쪽을 환하게 볼 수 있는 염호였다.

딱 봐도 어마어마했다.

석문보다 훨씬 높게 쌓아 올린 돌기둥이 양쪽으로 끝도 없이 늘어져 있는 공간은 그 어떤 궁전이라 해도 한 수 접어 줄 정도로 대단한 위용을 뿜냈다.

거기다 시간이 멈춰 버린 것처럼 고요하고 텅 빈 공간 그 어디에도 사람의 기척이 느껴지지 않았다.

그때였다.

"응?"

화아악! 화악! 화라라락!

돌기둥과 돌기둥 사이에서 요란하게 불꽃이 피어올랐다.

환하게 밝아진 시야 때문에 염호가 인상을 찌푸리는 사이 전면에서 돌과 돌이 묵직하게 갈리는 소리가 흘러나왔다.

그르르릉!

계단을 쌓아 올려놓은 제단 위로 돌로 만든 커다란 의자 하나가 솟아오른 것.

더불어 제단 양쪽으로 난 자그마한 석문이 열리며 새하얀 옷을 입은 사내들이 우르르 쏟아져 나왔다.

하나같이 곱상한 외모를 한 청년들.

신공사자라 불리는 그 청년들이 솟아오른 의자를 부채꼴로 감싸며 목청이 찢어져라 외쳤다.

"신공현신! 태평성대!"

"천래성도! 앙천광복!"

여인처럼 곱상한 청년들이 좌우로 나뉘어 일제히 소리치자 염호의 얼굴이 또다시 와락 일그러졌다.

때마침 청년들이 둘러싸고 있던 의자가 빙글 돌아섰다.

순간 염호의 표정이 사납게 뒤틀리기 시작했다.

'뭐… 뭐야?'

커다란 돌의자에 몸을 푹 기댄 요천의 모습.

절반은 머리부터 발끝까지 새하얗고 또 나머지 절반은

새까만 그 모습이 기괴하기만 했다.

뚫어져라 요천을 쳐다보던 염호!

'헉!'

염호가 제풀에 놀라 저도 모르게 뒤로 반 보를 물러섰다.

새까만 부분, 잔뜩 화가 나 있는 쪽은 흑제가 분명했다.

그런데 그 나머지 새하얀 반쪽도 보면 볼수록 낯이 익었
다.

마치 신선처럼 인자하게 웃고 있는 모습.

그리고 그 하얀색 반쪽이 누군지 기억해 버린 것이다.

'귀… 귀성(鬼聲)? 뭐야? 대체 뭐야?'

염호의 눈동자가 혼란과 의문으로 뒤엉켜 들어가는 순
간, 요천의 입이 열렸다.

"고얀~! 감히 본좌의 잠을 깨우다니!"

"고얀~! 감히 본좌의 잠을 깨우다니!"

한 입에서 토해지는 목소리가 두 개로 들려왔다.

"신벌을 내리시옵소서!"

"신벌의 철퇴를 내리시옵소서."

의자의 좌우로 도열한 미청년들이 두 패로 갈리어 소리
치자 요천이 서서히 몸을 일으켰다.

하지만 염호는 그 자리에 꿈쩍 못하고 쉴 새 없이 눈알만
굴렸다.

오직 새하얀 반쪽에만 고정된 염호의 눈.

더 의심할 여지도 없이 곱게 늙은 귀성의 얼굴이었다.

검신, 도마, 흑제와 함께 천하사대고수로 불리던 존재,
사도무학의 정수를 이었으며 천사맹의 주인으로 불렸던
이.

도마와는 만날 때마다 주구장창 싸웠고, 흑제와는 몇 번
어울리긴 했지만 나중엔 아예 상종을 안 했다. 그리고 검신
은 그야말로 평생의 악연이자 철천지원수였다.

하지만 귀성과는 나쁘지 않았다.

아니, 나쁜 게 아니라 참 좋았다.

그는 사파의 지존이라고 전혀 믿기지 않을 정도로 특이
한 인물이었다.

고작 사나흘 정도를 함께 보낸 것이 전부였지만 평생을
알고 지낸 듯 마음을 주었던 존재.

자신이 먼저 나서 형님으로 모시겠다는 말을 했고, 흔쾌
히 허락한 귀성과 사흘 밤낮 동안 술잔을 기울였던 기억마
저 생생했다.

천살마군으로 불리던 세월을 살며 그때만큼 좋은 기억은
찾기 힘들었다.

이름도 없는 자그마한 호수 앞에서 조촐하게 시작된 술
자리.

상쾌한 바람이 불었고, 귀성은 금(琴)을 타고 난생처음 들어보는 시와 노래를 읊조렸다.

자신도 모르게 눈물을 훌쩍였던 기억과 그 모습을 보고도 비웃지 않고 인자하게 웃던 귀성의 모습이 아직도 선명했다.

특별히 무슨 비무를 했다거나 무공에 대한 이야기를 나누지 않았음에도 귀성에게 저절로 탄복해 스스로를 낮출 수밖에 없었다.

그것이 '귀신의 소리' 라는 그의 별호처럼 그가 무슨 수법을 쓴 것인지 아닌지는 알 수 없었다.

하지만 그때 이후로 더 이상 보지 못한 귀성을 은연중 같은 편이라고 생각하고 살았던 것만은 틀림없었다.

흑제와 반쪽씩 섞여 있는 그 귀성의 모습을 보곤 싸울 맘이 전혀 생기지 않는 이유였다.

"감히 본좌의 잠을 깨우다니!"

"감히 본좌의 잠을 깨우다니!"

흑제와 귀성의 몸뚱이를 한 요천이 염호를 향해 한 발 한 발 걸어 나오며 동시에 입을 열었다.

한쪽은 분노하고 또 한쪽은 인자하게 웃는 모습.

그런데 걸음을 옮기면서 검은 쪽이 점점 흰 쪽을 잠식해 들어갔다.

'이런 쓉~! 대체 뭐야? 뭐냐고!'

염호의 눈동자가 이리저리 굴러가느라 난리였다.

과거의 고리.

당시 결말을 맺지 못한 것들을 완전히 끊기 위해 이 자리를 찾아온 염호에게 느닷없는 귀성의 존재는 그야말로 더없는 혼란의 시발점이었다.

"나 염세악이오. 모르시겠소?"

염호의 목소리에 요천의 발걸음이 뚝 하고 멈추었다.

검은빛으로 덧칠되어 가던 요천의 몸에 흰 색이 다시 제자리를 찾기 시작했다.

"염세악?"

"염세악?

다시 반쪽의 균형을 회복한 요천의 입에서 두 개의 목소리가 토해졌다.

염호는 소 눈알처럼 변해 버린 눈동자로 새하얀 쪽 귀성을 향해 소리쳤다.

"모르시겠소? 백 년이 지나도 그 날 마신 죽엽청과 형님의 금음을 잊지 못합니다."

염호의 목소리가 다시 한 번 이어진 순간 이전과는 정반대의 일이 벌어졌다.

새하얀 쪽이 검은 쪽의 몸뚱이를 서서히 덧칠해 가기 시작한 것이다.

"염세악… 염세악……."

이윽고 전신이 새하얀 빛깔로 변한 요천의 목소리가 나직하게 흘러나왔다.

염호 역시 잔뜩 긴장한 얼굴이었다.

귀성이 중늙은이에서 백발의 노인으로 변한 것처럼 자신이 혈기방장한 장년에서 소년으로 변했음을 알기 때문이었다.

대신 보란 듯이 패왕부와 흑뢰정을 그 앞으로 내밀었다.

얼굴이야 가물가물해도 자신의 애병인 그 두 가지만은 똑똑히 기억할 것이라 믿은 것이다.

눈썹까지 새하얗게 변한 귀성의 눈이 잠시간 패왕부와 흑뢰정에 머물다가 다시 염호의 얼굴로 향했다.

"본좌를 아느냐?"

"……."

염호는 뭐라 답할 수 없었다.

자신이 기억하는 귀성은 절대 스스로를 높이지 않는 이였다. 하물며 본좌라는 자화자찬 따위는 절대로 입에 담지 않을 인물이었다.

염호가 더욱 당혹스러워할 때였다.

"그건 중요한 게 아니지. 그걸로 나를 죽여줄 수 있겠느냐?"

"……!"

"나를 죽여라. 나를!"

연이어진 귀성의 목소리에 염호의 얼굴이 말도 못하게 일그러졌다.

그 순간.

ㅊㅊㅊㅊㅊㅊ!

귀성의 온몸이 사시나무 떨리듯 흔들리더니 사라졌던 검은빛이 삽시간에 새하얀 빛을 집어삼켰다.

"본좌! 신벌을 내릴지니!"

"아! 이런 씁새가! 짜증나게!"

버럭 소리친 염호가 패왕부를 번쩍 들어 올렸다.

멈칫!

"하아~! 대체 뭐가 어떻게 된 거야!"

염호가 뒤로 한 발 물러섰다.

하지만 순간 요천의 전신에선 거대한 기운이 삽시간에 피어올랐다.

"젠장! 썅!"

염호는 짜증을 참지 못하고 그대로 손에 든 흑뢰정을 내던졌다.

쭝!

콰콰!

빛살처럼 날아간 흑뢰정이 요란한 폭음을 터뜨렸고 그때 염호는 벌써 입구의 높다란 석문을 빠져나가고 있었다.

'취벽… 일단은 그녀를 만나야…….'

슈아앙!

염호의 신형을 뒤따라 흑뢰정이 빛살처럼 따라붙었다.

第七章

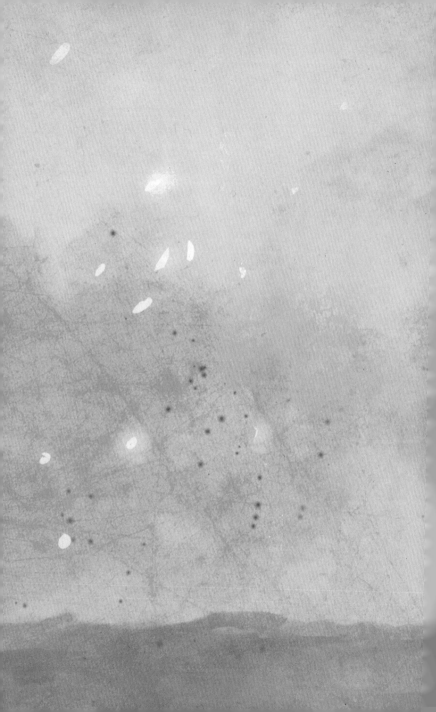

허름한 집들이 다닥다닥 붙어 있는 후미진 골목길로 그
림자 하나가 뚝 떨어져 내렸다.

커다란 도낏자루를 어깨에 메고 있는 소년, 염호.

염호는 지체 없이 곧 쓰러질 것 같은 눈앞의 작은 판잣집
안으로 들어갔다.

오래도록 방치된 집 안은 수북한 먼지로 가득했지만 염
호는 전혀 개의치 않고 낡은 침상을 밀어젖혔다.

그 아래쪽에 지하로 이어지는 계단이 있었다.

염호는 역시나 망설임 없이 계단을 밟고 내려간 뒤, 눅눅

하고 음습하고 좁은 지하 복도를 한참이나 걸어 들어갔다.

복도의 끝이 막혀 있는 것을 확인한 염호가 손끝으로 톡 톡 벽을 두들겼다.

"흠! 여기가 아닌가?"

고개를 살짝 갸웃거린 염호가 주먹을 가볍게 말아 쥔 뒤 그대로 토벽을 후려쳤다.

파자자작!

흙과 작은 돌덩이를 섞어 만든 토벽이 그대로 무너지며 반대편에서 요란빽적지근한 반응이 이어졌다.

"누구냐!"

"웬 놈이냐!"

"침… 침입자다! 애들 다 불러!"

차창! 차창창창!

열댓 명쯤 되는 사내가 헐레벌떡 무기를 빼 들며 소란을 떨 때, 염호가 나부끼는 흙먼지를 휘휘 내저으며 모습을 드 러냈다.

잔뜩 경계하며 긴장했던 사내들이 염호를 보곤 일제히 어이없다는 표정을 지었다.

외모만 딱 보자면 솜털도 다 가시지 않은 소년이 제 몸뚱 이만큼 커다란 도끼를 등에 메고 있을 뿐이다.

나름 다들 밤의 무림에선 한가락 한다고 스스로 자부하

는 사내들 눈에는 염호가 젖비린내 나는 애송이로 비칠 수밖에 없는 것이 당연한 일이었다.

물론 염호의 얼굴에도 살짝 짜증이 묻어날 수밖에 없었다.

어느 곳을 가도 첫 반응들은 어쩌면 이렇게 똑같을까 싶어서였다.

"쯧~! 그래, 니들이 뭘 잘못이겠냐."

결국 너무 어려 보이는 자신을 탓할 수밖에 없는 염호였다.

하지만 확실히 이런 종류의 일도 자주 겪다 보니 해결 시간이 점점 빨라진다는 장점도 있었다.

한쪽 발을 슬쩍 들어 쿵 하고 바닥을 내리찍는 염호.

"으헉!"

"큭!"

"컥!"

열댓 명의 사내가 일제히 비명을 내지르며 돌팔매에 뻗어버린 개구리 마냥 바닥에 납작 엎어졌다.

갑자기 보이지 않는 거대한 돌덩이가 나타나 온몸을 사정없이 짓누르는 듯한 느낌을 받는 것이다.

난다 긴다 하는 고수들도 견뎌내지 못한 몰천력의 공능을 흑회에 몸담고 있는 이들이 견뎌내지 못하는 것은 너무도 당연한 일. 다들 몸뚱이가 터져 나갈 것 같은 엄청난 압력에 숨만 꼴딱꼴딱 내쉬는 것이 전부였다.

그러고 나서야 대화를 시작할 수 있는 분위기가 조성됐다.

"여기 대가리가……."

염호가 스윽 사내들을 둘러보며 말문을 열었을 때, 반대편 벽면이 빙글 돌아가며 또 다른 무리가 우르르 쏟아져 들어왔다.

"어떤 놈이 감히… 헉!"

눈을 부라리며 달려 들어온 이들 중 가장 앞서 있던 중년 사내가 숨이 턱 막히는 소릴 토하며 그 자리에서 돌덩이처럼 굳어졌다.

당연히 뒤따라 들어온 이들 역시 바짝 긴장한 채 멈칫거릴 수밖에 없었고.

염호도 그 사내의 얼굴을 알아보고 살짝 당황한 얼굴이었다.

"으응?"

'교' 란 이름으로 불리던 흑회 화음현의 지단주, 그를 화산에서 한참이나 떨어진 강서 땅에서 봤으니 의외란 생각이 들 수밖에 없었다.

그래 봐야 염호에겐 딱히 안중에 없는 사내였고, 어쨌든 얼굴을 알고 있으니 말하기 쉬워졌단 생각이었다.

"나 알지?"

"네엣? 넵!"

당황한 목소리를 내뱉다 이내 목청을 찢어져라 높이는 교.

그 후로 온몸을 바들바들 떠는 것이 꼭 고양이 앞에 쥐를 보는 것만 같았다.

염호가 살짝 인상을 찌푸렸다.

"벌써… 소문이 다 났냐?"

염호의 나직한 목소리에 교는 부르르 몸을 떨면서 저도 모르게 뒷걸음질 쳤다.

'젠장! 총타주로 승진한 지 열흘 만에… 크으윽!'

교는 정말로 억울하고 분해서 죽을 것 같았다.

그동안 화산파에 머무는 홍화순을 잘 보필하고, 지단을 무탈하게 이끈 공로를 인정받아 강서 총타주 자리를 꿰찰 수 있었다.

지단주 삼십 명에 총타주가 하나뿐이니 그야말로 눈부신 고속 승진이었다.

그런데 강서총타에 부임한 지 고작 열흘 만에 완전히 골로 가게 생긴 것이다.

'천살마군이 여기는 웬 말이란 말이냐!'

그럼에도 교는 한 가닥 실낱같은 기대를 품고 살아날 길을 찾기 위해 쉴 새 없이 머리를 굴려야 했다.

"홍괴불이 그러더냐?"

"……!"

"아니면 진무… 화산파에서 연락이 왔고?"

연이어진 염호의 나직한 목소리에 교는 더욱더 두려운 눈으로 염호의 눈치를 살폈다.

"개방에서 연통을 쫙 돌렸습니……."

"흐음."

염호가 혼자 고개를 끄덕이다 피식 실소했다.

중원삼성이니 취성이니 하며 불릴 때도 그랬지만, 화산파와 맹우를 맺었네 어쩌네 하면서 자신에게 머릴 납작 숙일 때 딱 알아봤다.

상황이 바뀌면 뭐라도 할 게 뻔한 늙은이란 것을.

'뭐, 그래 봐야…….'

딱히 뭐가 걱정된다거나 화가 나는 일도 아니었다.

정체를 밝히기로 마음먹었을 때 당연히 이 정도 일들이 벌어질 것임을 예측했으니까.

그럼에도 입가에 살짝 미소가 걸리는 것은 화산파 애들이 자기들이 먼저 살겠다고 떠들고 다닌 건 아니라는 사실이었다.

'뭐, 어차피 겪을 일이니!'

화산파가 앞으로 큰 홍역을 치를 것은 분명해 보이지만 그거 하나 때문에 입 꾹 다물고 다른 놈으로 사는 것이 너무 억울했다.

아무리 정을 주고 마음을 다하면 뭐할까.

죽을 때까지 검신이니 태사조로 기억할 놈들인데.

이 나이에 이 능력과 힘을 지니고 뭐가 아쉬워서 딴 놈 행세를 하고 마음 졸이며 산단 말인가.

백번을 다시 생각해도 참 잘했다는 생각이었다.

"그래서, 내가 천살마군이라 나한테는 정보를 줄 수 없다는 말이냐?"

염호가 살짝 인상을 찡그리며 묻자 교는 화들짝 놀라 허리를 절반으로 접었다.

"헙! 그…그럴 리가 있겠습니까?"

"그럼 묻자. 무인흑교를 찾으려면 어디로 가야 되냐?"

"……."

교는 대답을 하지 못하고 고개를 살짝 쳐들며 염호의 눈치를 살폈다.

"무인흑교? 몰라?"

"그게… 무인흑교는 지금 화산에 있는뎁쇼?"

"응?"

"화산에서 지금, 그것 때문에, 태사… 아니, 마군님을 찾고 난리입니다요."

"……?"

*　　*　　*

삼경이 지나 오가는 사람 그림자 하나 없이 야심한 시각이지만, 정주부 관사 정문을 지키는 병사들은 눈을 부릅뜬 채 바짝 긴장한 모습이었다.

하남성의 성도를 다스리는 정주 부사와 하남의 군세를 다스리는 지휘사가 함께 머무는 관사이기에 더욱 철통같은 경비가 필요했다.

거기다 요 근래 자금성에 큰 변고가 있었다는 흉흉한 소문이 나돌고 있어 병사들과 야간 경비를 담당하는 소초장은 바짝 긴장한 모습들이었다.

그럼에도 동네 강아지 새끼 한 마리 나다니지 않는 때이니 관사 앞 대로는 시간이 멈춰 있는 듯한 침묵이 계속될 뿐이었다.

그렇게 밤이 늦도록 깊어가던 어느 순간.

쩌벅! 쩌벅!

관사와 맞은편 대로 끝에서 나직한 발걸음 소리가 들려

왔다.

창을 세운 병사들이 흠칫 긴장해서 창날을 치켜세우며 전방을 주시했다.

그 순간.

흐릿한 그림자가 폭발적으로 커지더니 순식간에 병사들 앞으로 다가섰다.

"누… 누구냐!"

"정체를 밝혀라!"

삼십 명에 달하는 병사가 당황해 일제히 창날을 세우다 이내 얼떨한 표정으로 고개를 갸웃했다.

횃불에 비친 모습을 보니 번쩍번쩍 금장이 박힌 용린갑을 입고 있었기 때문이었다.

그리고 그 황금색 용린갑은 군부 내에서도 오직 자금성에 상주하는 어림천위군의 지휘사만 입을 수 있다는 것을 기억해 냈다.

병사들이 당황하면서 멈칫거리는 순간 소초장의 눈이 튀어나올 것처럼 부릅떠졌다.

"충! 지휘사 대인을 뵙습니다."

소초장이 쩌렁쩌렁한 목소리로 군례를 올리자 날을 세웠던 병사들이 화들짝 놀래 창을 내렸다.

"뭐, 뭐하느냐! 어서 문을!"

소초장은 신분 확인 절차도 없이 다짜고짜 정문을 열라고 명했다.

병사들이 어정쩡한 태도로 물러서며 쭈뼛쭈뼛 정문을 열자 소초장이 소리쳤다.

"이놈들! 지휘사 대인이시자 황족이신 주휘 전하이시다."

"헉!"

"힉!"

화들짝 놀란 병사들이 새된 소리를 토하며 재빠르게 정문을 열고 그 옆으로 도열했다.

말단 병사라지만 주휘란 이름을 모를 수 없기 때문이었다.

머잖아 황군의 군권을 움켜쥘 존재로 황제의 절대적 신임을 받는 친혈육이 바로 지휘사 주휘였다.

그 정도 되는 엄청난 위치이니 정주부사나 하남 지휘사에게 통고도 없이 찾아올 수 있다고 여긴 것이고.

쩌벅! 쩌벅!

열린 문을 지나 주휘가 천천히 걸음을 옮겼다.

순간 양옆으로 도열한 병사들은 알 수 없는 서늘함을 느꼈지만, 난생처음 코앞에서 대한 황족 때문에 긴장했으려니 하는 마음이었을 뿐이었다.

그렇게 주휘가 지나가고 병사들이 저도 모르게 기다란 한숨을 뿜어냈다.

"휴우~!"

"소초장님 아니셨으면 큰일 날 뻔했습니다."

"그러게 말입니다."

병사들이 치켜세워 주자 소초장 또한 뿌듯한 얼굴이었다.

그때였다.

"으아아악!"

"크아악!"

"크억! 사… 살려……!"

관사 안쪽에서 느닷없이 들려오기 시작한 비명!

소초장 이하 병사들이 화들짝 놀라며 당황할 때였다.

끼이이익!

활짝 열어두었던 정문이 나무가 비틀리는 소리와 함께 저절로 닫히기 시작했다.

당황하고 놀라 눈을 부릅뜨고 서로를 쳐다보는 병사들.

그리고.

"헉!"

슈아악!

"으아아악!"

병사 하나가 무언가에 쏙 빨려들 듯 관사 쪽으로 사라져 버린 것이다.

"뭐… 뭐……?"

슛! 슈육! 슈슈슈슛!

연이어 하나둘 관사 쪽으로 쭉쭉 잡아끌리듯 딸려가는 병사들!

"으으으으윽!"

홀로 남은 소초장이 부들부들 떨며 어떻게든 밖으로 나가려 버둥거렸다.

하지만 그 역시 다른 병사들과 같은 처지를 벗어나지 못했다.

슉!

"으아악!"

몸이 붕 떠서 어디론가 빛살처럼 딸려간 뒤 '턱' 소리와 함께 멈췄다.

공포에 완전히 질려 버린 눈으로 주변을 살피는 소초장.

그 눈에 비친 것은 황금색 용린갑을 입은 지휘사 주휘뿐이었다.

사기 구슬을 박은 듯 우윳빛 눈동자가 자신을 향하는 순간 소초장은 온몸의 뼈마디가 녹아내리는 듯한 감각을 느꼈다.

츠츠츠춧!

허공으로 딸려온 소초장의 몸뚱이는 새하얀 가루가 되어 허공에 흩어졌다.

관사 안으로 온통 나부끼고 있는 새하얀 가루들.

후우웅!

순간 그 가루들이 돌개바람에 휩쓸리듯 허공으로 치솟아 올라 일제히 주휘의 전신으로 쏟아져 내렸다.

후아악!

팟!

무언가 빨려 들어가는 듯한 소리와 함께 거짓말처럼 가루들이 주휘의 몸속으로 사라졌다.

그때서야 주휘의 눈동자가 평범한 사람의 것으로 변했다.

"형편없는 몸뚱이로구나. 참으로……!"

동쪽 산자락이 희미하게 밝아오는 이른 새벽녘, 연화봉 꼭대기로 그림자 하나가 조용히 내려앉았다.

염호였다.

쩌벅!

한 발을 슬쩍 내디뎌 절벽 끝에 걸음을 멈춘 염호의 눈이 아래쪽으로 향했다.

잠시 화산파 안쪽을 바라본 염호의 입에서 멋쩍은 듯 입맛 다시는 소리가 났다.

"쩝."

영영 안 볼 것처럼 그 난리를 쳐놓고 떠난 것이 고작 달포 남짓이었다.

그래놓고 급한 볼일이 생겼다고 다시 찾아왔으니 여간 찜찜하고 켕기는 것이 아니었다.

그렇다고 뭐 딱히 다른 길은 없었다.

당장은 취벽을 만나 과거의 일들을 알아내는 것이 먼저임을 알기 때문이었다.

대체 그때 그 시절 뭔 일이 있었는지를 알아야 흑제인지 귀성인지, 그것도 아니면 진짜로 전혀 다른 놈인지 모를 그 요상한 놈을 때려죽이든 말든 할 것이 아닌가.

염호는 더 지체하지 않고 절벽 아래로 훌쩍 몸을 날렸다.

모양새는 좀 빠지지만 몰래 취벽만 만나고 후딱 사라질 심산이었다.

화산파 애들 실력이나 내부 구조는 손바닥 들여다보듯 알고 있으니 별로 어려운 일도 아니었다.

그런데.

'잉?'

조용히 떨어져 내리던 염호의 시선이 살짝 흔들렸다.

낯익은 어린 제자 몇이 눈에 들어왔다.

북천관에서 연화봉으로 이어지는 좁다란 산길, 거기는 평소라면 누구도 오가지 않는 곳이었다.

그런 곳에 어린 제자들이 각기 짝을 지어 요소요소에서 잔뜩 경계를 서고 있는 것이다.

'흐음~!'

염호는 살짝 인상을 찌푸리며 허공에서 재빠르게 몸을 뒤집었다.

절벽 중간쯤에서 삐쭉 솟은 바위를 발끝으로 살짝 찍은 뒤 휙 하고 방향을 틀었다.

직각으로 쏘아진 염호의 신형이 북천관과 옥허궁 하늘 위를 순식간에 가로질러 객청 뒷마당으로 뚝 떨어져 내렸다.

그때까지도 염호는 놀란 표정을 지우지 못했다.

외부와 연결이 가능한 곳곳마다 삼엄한 경계를 펼치고 있는 어린 제자들 때문이었다.

사실 평소라면 깨어 있을 시간도 아니었다.

거기다 아직까진 다들 잔뜩 풀이 죽어 지낼 것이라 여겼는데 그게 아닌 걸 보니 묘한 느낌이었다.

뭔가 괜히 섭섭하면서 한편으로는 또 훌훌 털고 일어난 것 같아 대견한 마음도 생기는 복잡한 감정이었다.

뭐, 어쨌든 혹시 모를 일에 잘 대비하고 있는 것만은 확실해 보여 마음만은 편해졌다.

딱히 화산파 애들이 싫어서 떠난 건 아니다.

그냥 옛 사람들을 다시 만나게 되고 나서 생긴 혼란과 울컥한 감정 때문이 전부였다.

그저 자신의 지난 시간을 부정하고 싶지 않았을 뿐.

염호가 객청 뒤뜰에서 그렇게 잠시 상념에 빠져 있는 사이 갑자기 날이 잔뜩 선 목소리 하나가 들려왔다.

"누구냐?"

'으이크!'

움찔한 염호가 순식간에 그 자리에서 사라진 뒤 담장 그림자 아래로 숨어들었다.

잠시 뒤 장로 대종해가 염호가 바짝 밀착한 담벼락 위로 불쑥 나타났다.

객청 주변을 잔뜩 경계 어린 표정으로 살피기 시작하는 대종해의 부리부리한 눈에서 형형한 안광이 번뜩였다.

잠시 그곳에 서서 곳곳을 살핀 대종해가 고개를 갸웃거린 뒤 사라지자, 염호가 참았던 숨을 조심스럽게 내뱉었다.

"후우~!"

그런 염호의 입가에 씁쓸한 웃음이 걸렸다.

고작 한 달 사이 입장이 완전히 달라진 것에 또 괜히 싱숭생숭한 감정이 일어나려 했다.

'아서라~! 아서.'

고개를 휘휘 내저은 염호가 기감을 끌어 올려 객청 건물들과 주변을 살피기 시작했다.

당장은 감정에 취해 있을 때가 아니었다.

서둘러 볼일 보고 떠나야 할 때.

외부인이 있을 곳이라고 해봐야 객청뿐이니 별로 오래 걸릴 일도 아니란 판단이었다.

'흠⋯⋯.'

세 채의 건물이 텅텅 비어 있는 것을 확인한 염호의 눈가가 슬그머니 일그러졌다.

느껴지는 기척이라곤 담장 밖을 천천히 오가며 경계 서는 아이들뿐.

'총림당에 있나?'

염호가 기척도 소리도 없는 조용한 이동을 시작했다.

여기저기 배치된 어린 제자들을 피해 총림당에 도착한 염호의 표정이 다시 한 번 일그러졌다.

'대체 어딨는 거야?'

총림당 안에서 들려오는 코 고는 소리는 분명 왕심봉의 그것이었다.

주변으론 일대제자 표운과 이대제자 조세걸, 삼대제자

양소호가 경계를 서고 있는 것을 확인했다.

그런데도 낯선 기척은 전혀 없었다.

염호는 잠시 갈등했다.

안쪽으로 갈수록 점점 더 인원이 많아진다는 것을 알았다. 물론 그 정도가 염호의 움직임을 더디게 할 이유는 없었다.

다만 정확히 어디에 취벽이 있는지 모른다는 것이 문제일 뿐.

하는 수 없이 있을 만한 곳을 하나씩하나씩 찾아볼 수밖에 도리가 없었다.

산문 쪽에 위치한 청아원과 남천관부터 하나씩하나씩 전각을 살피며 장로전까지 오고서도 허탕을 친 염호는 마지막에 와서야 목적을 이룰 수 있었다.

장문인 진무의 거처인 소요정 안쪽에서 실낱같은 숨결을 내뿜고 있는 존재를 느낀 것이다.

더불어 소요정 주변은 일대제자 송자건과 우대강이 경계를 서고 있었다.

쉭! 쉬식!

염호의 신형이 바람처럼 지붕 위로 올라갔다 곧바로 소요정 안쪽으로 사라졌다.

"응?"

"왜 그러십니까, 대사형?"

"아니, 뭔가 지나간 것 같아서……."

"그럴 리가요? 몸이 허해지신 것 같습니다. 계속 제대로 쉬지도 못하셨습니다."

"괜찮다."

"괜찮아 보이질 않습니다. 오늘만 조금이라도 쉬십시오. 수련은 저희끼리 하겠습니다."

"누군들 힘들지 않을까? 하물며 대사형인 내가 그래서야 쓰겠느냐?"

"하… 하지만……."

"걱정 마라. 이럴 때 운산이 녀석이라도 있으면……."

"……."

"곧 올 거다, 그 녀석.. 분명 멀쩡해진 모습으로."

"하지만… 그건……."

"안다. 하지만 생각해 봐라. 그분이 언제 한 점의 허언이 라도 뱉은 적이 있었더냐?"

"……."

"그거면 충분하다. 우리끼리는 깊이 고민하지 말자. 너 무 많이 생각하지도 말자. 알겠느냐?"

"네, 대사형……."

소요정 문짝에 기대 도란도란 들려오는 목소리를 듣던 염호는 괜히 코끝이 찡해지는 느낌이었다.

'애들이 참… 착해…….'

감정이 살짝 고조되려는 것을 눌러 참은 염호가 옅은 숨소리가 느껴지는 방 쪽을 향해 움직였다.

진무가 자는 방을 지나쳐 아주 미약한 숨결이 느껴지는 곳으로 향했다.

소요정 안에 그녀를 뒀다는 것만 해도 진무나 화산파가 얼마나 그녀를 중요하게 여기는지 알 수 있는 일이었다.

그러니 괜히 뜸들이다 누군가와 마주쳐 불편한 시간을 갖고 싶지 않았다.

조용히 방문을 열고 들어간 염호는 우선 기막을 펼쳐 밖으로 나갈 수 있는 소리부터 차단했다.

그리고 나서야 취벽의 모습을 확인했다.

그녀는 침상 위에 가부좌를 틀고 앉아 있었다.

살아 있다는 것이 의심스러울 정도로 약하디약한 호흡을 내쉬고 있는 그녀.

염호의 얼굴에 온갖 복잡한 감정이 스쳐 갔다.

삼단처럼 고왔던 검은 머릿결은 새하얗게 바랬고, 백옥처럼 빛나던 얼굴은 세월을 이겨내지 못한 주름으로 가득했다.

그럼에도 참 곱게 늙었다는 생각이 드는 모습이었다.

마지막으로 본 게 이 갑자 세월 전이니, 얼추 잡아봐도 그녀 나이 백사십이 넘었다.

세월을 역행하지 않는 이상 아무리 환골탈태를 했어도 살아 있는 것이 용한 나이인 것이다.

염호는 천천히 그녀 앞으로 다가갔다.

그리곤 한눈에 그녀의 상태를 알아챌 수 있었다.

"취벽……."

염호의 눈빛이 더없이 깊게 가라앉으며 나직한 목소리가 흘러나왔다.

"취벽……."

조금 더 커진 목소리, 하지만 그녀는 아무런 대답도 할 수 없는 상태였다.

염호 또한 그것을 알기에 하는 말이었다.

그녀는 지금 죽음을 맞기 바로 직전, 그 마지막 순간에야 쓸 수 있는 생기를 끌어와 목숨 줄을 유지하고 있었다.

눈을 뜨고 입을 열기 시작하면 그것이 바로 그녀의 마지막임을 아는 염호였다.

"하아~! 그렇게까지 해야 할 말이 있소?"

염호가 천천히 손을 움직였다.

곱게 빗어 비취빛 옥잠으로 단정히 정리한 은회색 머리

카락 위로 손바닥을 가져다 댄 염호.

후웅!

염호의 장심을 따라 따스한 기운 한 줄기가 그녀의 머릿속으로 스며들었다.

파르르 눈썹이 떨리더니 잠시 뒤 아주 천천히 그녀의 눈이 열렸다.

두 사람의 눈이 마주쳤다.

하지만 염호는 아무런 말도 하지 않았다.

눈은 떴지만 그녀는 이미 시력을 완전히 잃은 상태였다. 초점 없는 그녀의 동공을 염호는 그저 묵묵히 지켜보기만 했다.

"화산의… 누구신가……?"

그녀의 목소리가 힘겹게 흘러나왔지만 염호는 답을 할 수가 없었다.

자신의 정체를 밝히고 지난 시간들을 풀어내기에 그녀에게 남은 시간이 너무나 짧다는 것을 알기 때문이었다.

그녀는 지금 아무리 막대한 공력을 주입한다고 해도 어쩔 수 없는 지경이었다.

혈도와 단전은 말할 것도 없고 내부의 장기마저 벌써 수명을 다한 상태.

"…그 아이는 데려왔……?"

다시 이어진 그녀의 음성에 염호가 딱딱한 목소리를 짧게 내뱉었다.

"시간이 얼마 없소."

"……"

취벽의 주름진 얼굴이 잠시간 걷잡을 수 없이 떨렸다.

그렇게 한동안 격하게 떨리기만 하는 취벽의 얼굴.

염호의 표정이 점점 굳어지기 시작했다.

뭔가 말을 할 수 있는 시간조차 얼마 남지 않았는데 대체 뭘 저러고 있나 싶었다.

애틋한 감정을 느끼기엔 이 갑자란 세월은 너무나 길었고, 또 누군가의 마지막을 지켜보는 일은 여전히 불편한 일일 뿐이었다.

잠시 뒤 떨리는 입술을 비집고 취벽의 힘겨운 목소리가 흘러나왔다.

"…흑제는… 흑제가 아닙… 니다."

"……?"

"그는… 불사인(不死人), 수없이 환생하며 다시 태어나는……."

"뭐……?"

"…저와 검신… 귀성이 힘을 합해 봉인……."

점점 더 낮아지는 그녀의 목소리에 염호는 정신을 차릴

수가 없었다.

대체 무슨 말인지 하나도 알아들을 수가 없었다.

"마궁의 지하… 그의 심장을……."

힘겹게 좌정하고 있던 취벽의 몸뚱이가 침상으로 힘없이 무너져 내리는 순간, 염호가 다급하게 그녀를 껴안았다.

"만마궁? 지저마궁?"

염호의 목소리도 다급해졌다.

뭔가 이해하기 힘든 말들이 염호를 더욱 혼란스럽게 만들었다.

염호의 품에 쓰러지듯 안긴 취벽의 입이 금붕어처럼 뻐끔뻐끔 열렸다.

"…귀해도… 환혼주를 부숴야만… 그를 소멸……."

"귀해도라니? 환혼주는 또 뭐야?"

더욱 다급한 염호의 목소리.

하지만 그녀는 더 이상 입을 열 수 있는 상태가 아니었다. 완전히 축 늘어져 버린 몸뚱이.

그런데 순간 초점을 잃은 그녀의 눈동자가 또렷한 빛으로 변해갔다.

품 안에 쓰러져 염호를 올려다보는 그 눈빛이 하염없이 깊어져 갔다.

"…정말로… 당신에게… 미…안해요……."

"……."

"…이길 수 없으면 복종… 그러면 모두 살아갈 수……."

"취벽!"

"……."

"취벽!"

第八章

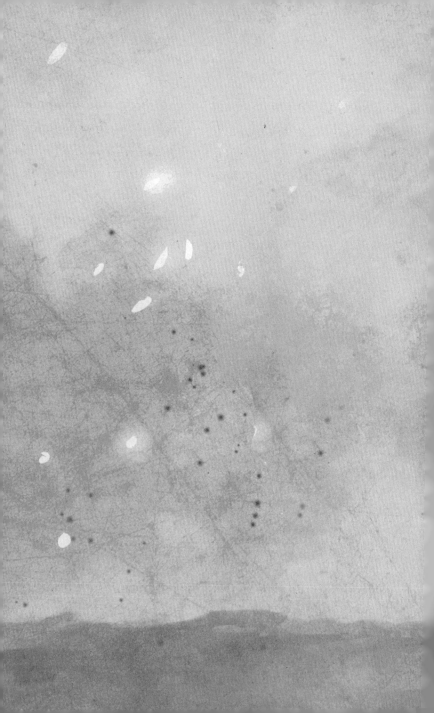

취벽이 죽었다.

이해 못 할 말들만 잔뜩 남겨놓은 채.

침상에 가지런히 누운 그녀의 늙은 육신이 빠르게 식어
갔다.

염호는 혼란으로 가득한 눈빛을 지우지 못했다.

흑제, 불사인, 환생⋯⋯.

그리고 마궁, 귀해도, 환혼주, 소멸이란 말들이 둥둥 떠
다니며 머릿속을 잔뜩 끝없이 헝클어뜨렸다.

하나하나 천천히 뜯어보면 다 알고 있는 것이었다.

흑제가 흑제가 아니다?

게다가 죽지 않는 존재이며 환생까지 한다?

이상하지만 뭔가 알 듯 말 듯했다.

당시에도 흑제의 나이를 제대로 아는 사람은 없었으니까.

흑암마정문을 익힌 흑제는 정통 계승자인 만마궁주를 죽이고 그 자리를 꿰찼다.

그 이전까지는 어디서 굴러먹었던 인물인지 전혀 알려진 바가 없었다.

거기까지만 생각하면 대충 이런저런 것들을 끼워 맞출수가 있었다.

가령 그 이전까지 정파의 고수였던 흑제가 갑자기 반로환동을 해서 마인으로 살기 위해 마교로 왔다고 해도 전혀 이상할 게 없다는 뜻이다.

하지만 환생을 한다는 말이나 지저마궁의 심장, 귀해도의 환혼주 같은 말들은 정말로 이해되지 않았다.

그리고 그 무엇보다 가장 이해되지 않는 것은 취벽의 마지막 말이었다.

미안하다고?

대체 뭐가 미안하단 말인가.

말도 없이 훌쩍 사라져 버린 게?

고작 두어 달 만난 사이였다.

겨우 그런 정도의 만남을 가진 뒤 무려 이 갑자 세월 만에 다시 만나 죽기 전에 마지막으로 미안하다고 말한다고?

앞뒤가 전혀 맞지 않았다.

분명 뭐가 더 있기는 있는 것 같은데, 그게 대체 뭔지 전혀 짐작할 수도 없었다.

"에잇! 몰라!"

한참을 고민하다 와락 인상을 찌푸린 염호.

그 순간 문밖에서 벼락같은 음성이 터져 나왔다.

"누구냐?"

진무의 목소리와 기척이 빠르게 다가오는 것이 느꼈다.

연이어 소요정 밖에 경계를 서던 송자건과 표운 역시 안쪽으로 날아드는 것이 느껴졌다.

'이그! 쩝~!'

콰지직!

염호는 냅다 창문을 부수고 몸을 날렸다.

쥐죽은 듯 조용하던 화산파 경내에 한바탕 난리가 시작된 것은 당연한 일.

"웬 놈이냐!"

"적이 침입했다."

"소요정 쪽이다. 장문진인!"

"저기다! 저기! 하늘!"

여기저기 횃불이 밝혀지고 화산파 제자들의 목소리가 더없이 소란스러웠다.

그래 봐야 염호의 신형은 벌써 새까만 점으로 보일 만큼 높이 치솟은 뒤였다.

"이노옴! 게 섰거라!"

소요정으로 뛰쳐나온 장로 중 손괴의 목소리가 쩌렁쩌렁 울려 퍼졌다.

슝!

손괴의 손을 떠난 검이 날카로운 파공음과 함께 하늘로 치솟았다.

연달아 범중과 유학선, 대종해와 서림의 검이 까맣게 치솟은 그림자를 향해 쏘아졌다.

슈슈슈슛!

'이크! 아이고! 웃샤!'

염호가 허공에서 몸을 이리저리 뒤집으며 장로들의 검을 피해낸 염호가 우뚝 멈춰서 아래쪽을 가만히 쳐다봤다.

'쩝! 이것들이!'

가뜩이나 머리 복잡한 순간이라 슬쩍 짜증까지 치밀었다.

그 순간 진무가 손을 번쩍 들더니 장로들과 제자들을 진정시켰다.

짙은 어둠과 까마득한 높이를 뚫고 염호를 알아본 것이다.

그 잠시 동안 제자들의 소요가 시작됨이 느껴졌다.

그들 역시 염호가 왔다는 것을 알아챈 것이다.

하늘을 올려다보며 갈팡질팡하는 제자들을 봤지만 염호는 천천히 신형을 돌렸다.

어차피 볼일은 끝났고 뭔가 더 주고받을 말이 남은 것도 아니었다.

이대로 사라져 주는 게 피차 옳은 일이었다.

슈웅!

염호가 극심표를 펼치며 순식간에 연화봉 정상을 타넘었다.

그리고 그 순간 흠칫 몸을 세울 수밖에 없었다.

그곳에 홀로 서 있는 초로의 도사 하나를 봤기 때문이다.

도사는 공손히 염호를 향해 머리를 숙였다.

"이제 무어라 당신을 불러야 합니까?"

신웅담이었다.

염호는 절벽 앞 허공에 우뚝 멈춰 섰지만 아무 답도 할 수가 없었다.

"당신은… 당신이 정말로……."

신웅담의 눈빛과 목소리가 걷잡을 수 없이 떨렸다.

마음이 짠해지는 느낌이었지만 염호는 오히려 더욱 냉정한 표정을 지어 보였다.

"이 정도가 나와 너희의 관계였다."

"……."

"나는 달라진 것이 없다. 그저 이름을 돌려놓았을 뿐."

"이익!"

차창!

신웅담이 입술을 꽉 깨물며 검을 뽑아 들었다.

활활 타오르는 분노를 눈빛으로 쏘아내며 염호를 향해 검을 세웠다.

"가증스럽다! 네놈은 여태껏 화산파를 기만하고 우리 모두를……."

부들부들 떨리는 분노를 담아 목소리를 높이는 신웅담.

순간 염호의 눈빛이 더없이 차갑게 식었다.

"죽고 싶으냐?"

"……!"

"쥐뿔도 없는 것들을 이만큼이나 만들어줬더니 뭐가 어쩌고 어째?"

염호의 목소리는 나직하게 변했지만 신웅담의 떨림은 더욱 커져갔다.

하지만 이제 그 떨림은 분노 때문이 아니었다.

마주 본 염호의 눈동자에서 뿜어지는 항거할 수 없는 거대한 힘 앞에 그저 두려워 온몸이 주체할 수 없이 떨릴 뿐이었다.

"신응담!"

"……."

"알량한 자존심이 그걸 원하느냐? 지금 말해라. 내가 준 것들을 모조리 거둬줄 테니."

털썩!

힘없이 꺾이며 주저앉은 신응담, 그 눈빛이 처연하게 염호를 향했다.

염호의 싸늘하던 눈동자가 신응담을 향해 있다 살짝 흔들리기 시작했다.

날카롭기만 한 신응담의 눈가에 그렁그렁하게 고인 눈물 때문이었다.

"…그저… 마음이……."

"……?"

"…좋아져서… 그래서 우리한테 말했다고… 그렇게… 해주시면 안 되는 것이었습니까? 태사조님……."

"……."

"왜… 왜… 그저 당신께서… 화산에 있어주시면… 그걸

로 우린 전부…….”

신응담이 고개가 떨어져 내리며 하염없이 흐느끼기 시작했다.

염호는 가만히 그 모습을 지켜보다 절벽에 내려섰다.

천천히 신응담을 향해 다가가는 염호, 그 걸음이 가까워질수록 신응담의 격정도 커져갔다.

소리 내 우는 것을 참기 위해 들썩이는 그 어깨를 염호의 손이 가볍게 짚었다.

다시 고개를 쳐든 신응담의 얼굴은 눈물로 범벅이었다.

“이 정도가 딱 좋아.”

“…….”

“애들 잘 돌봐줘라.”

“…….”

“본전 생각나지 않게 해. 나 그렇게 착한 놈 아닌 거 알지?”

끄덕끄덕!

아래위로 흔들리는 신응담의 고개를 보며 염호가 희미한 미소를 남겼다.

“쯧! 다 늙어빠져서 울기는…….”

염호의 발걸음이 신응담을 지나쳐 천천히 멀어져 갔다.

신응담은 벌떡 일어서 어둠 속으로 사라져 가는 염호를

향해 더없이 공손한 태도로 예를 취했다.

"그동안 감사했습니다, 태사조님……."

＊　　　＊　　　＊

을씨년스러운 바람이 불어오는 산자락 가운데 새벽안개와도 같은 운무가 넓게 퍼져 있었다.

마치 보슬비가 내리듯 짙고 습한 안개는 기이하게도 마치 핏물을 머금은 듯한 선홍빛을 띠고 있었다.

그 아래쪽은 수백 개의 봉문이 어지럽게 자리한 곳.

그그그그극!

갑자기 지진이라도 난 듯 낮은 진동이 산 중턱 가운데서 파문처럼 번져 나갔다.

푹!

봉분 하나가 들썩이며 새하얀 뼈마디가 불쑥 치솟았다.

푹! 푹! 푹! 푹!

연이어 꽃봉오리가 터지듯 둥그런 묘지 끝으로 뼈마디들이 치솟기 시작했다.

아직 살점이 다 썩지 않은 뼈마디부터 시꺼멓게 변색된 인골까지, 봉문 마다마다 그 기이한 것들이 땅을 뚫고 비척비척 걸어 나오기 시작했다.

뼈마디만 남은 그것들이 살아 움직이며 한곳으로 모여들었다.

그 가운데 용린갑을 걸친 사내가 홀로 서 있었다.

수백 기의 백골이 용린갑을 걸친 사내 주위로 널따란 원을 그리며 멈추자 감겨 있던 사내의 눈이 떠졌다.

유리알처럼 투명한 눈동자 사이로 천천히 흑백의 눈동자가 드러나더니 사내의 입이 열렸다.

"불사의 인을 내리니! 살아 움직이는 것을 모조리 죽여라."

그 순간 짙게 펼쳐진 핏빛 안개들이 일제히 출렁이며 백골들을 향해 빨려들 듯 밀려들었다.

츠츠츠츠츠측!

뼈마디만 남은 백골들의 퀭한 눈동자에 일제히 붉은 안광이 번뜩였다.

뿌우욱!

쩌저적!

기기기긱!

핏빛 안개에 휩싸인 백골들 사이에서 소름 끼치는 소리들이 수도 없이 터져 나왔다.

그리고 백골들의 모습이 변해가기 시작했다.

문둥병 환자의 그것처럼 짓물러 버린 살점들이 뼈마디를

뒤덮어가기 시작한 것.

사람도 백골도 아닌 이상한 것들이 그 흉측한 모습 그대로 열을 맞춰 도열하기 시작했다.

그리고 일제히 전방에 자리한 높다란 산자락 위를 향해 발걸음을 내딛기 시작했다.

척척척척척!

그러던 중간, 군열을 정비한 정병들처럼 움직이던 그들이 갑자기 부르르 떨기 시작했다.

휙! 휘익! 휙휙휙휙!

앞서 가던 것들이 마치 섬전처럼 산속으로 사라지기 시작한 것이다.

캥!

카악!

후두두두둑!

산자락 여기저기가 들썩거리며 날짐승들이 죽어나가는 소리가 끝없이 이어졌다.

그렇게 아래쪽부터 시작된 소란은 산 중턱을 넘어갈 때부터 또 다른 변화로 이어졌다.

뎅! 뎅! 뎅! 뎅!

요란한 범종 소리가 높다란 산자락 여기저기를 메아리쳤다.

숭산 소림.

새벽 공양을 드리던 소림 승려들에게 그야말로 느닷없는 재앙이 시작된 것이다.

쩌벅! 쩌벅!

그때서야 용린갑을 입은 사내는 느릿한 걸음으로 산을 타기 시작했다.

"쓸 만한 몸을 얼른 찾아야 할 텐데……."

                    *   *   *

자금성의 분위기는 살벌함 그 자체였다.

어림군 병사 수천에 도지휘사 병력 이만이 급파되어 성 안팎을 물샐틈없이 경계하는 중이었다.

거기다 건청궁 주변으론 수백 명의 금의위 위사까지 겹 겹이 배치된 채 개미 새끼 한 마리 지나갈 수 없도록 호위 를 펼치고 있었다.

그런 상황인데도 건청궁 안에 모인 조정 대신들은 불안 감을 떨치지 못한 얼굴이었다.

지휘사 주휘가 금군 병사 수백 명을 순식간에 죽여 없애 는 것을 눈앞에서 목격한 터라, 아무리 시간이 흘렀다 해도 당시에 느낀 어마어마한 두려움을 전부 떨쳐 내지 못한 것이다.

반면 태사의에 몸을 깊숙이 기댄 황제는 두려움이 아닌 짙은 근심이 쌓인 얼굴이었다.

"이부상서! 왜 아직도 연락이 없단 말이냐?"

황제의 나직한 목소리에 주겸이 황망히 머리를 조아렸다.

"망극하옵니다, 폐하. 엿새가 지났으니 전령이 돌아올 때가 지난 줄로 아뢰옵니다."

"그런데, 왜? 아직도 화산파에선 소식이 없어!"

"망극, 또 망극하옵니다. 폐하……."

주겸 역시 사정을 정확히 알지 못하니 그저 고개를 조아리며 말끝을 흐릴 뿐이었다.

"신 도사는 대체 어디 있단 말이냐? 그 시꺼먼 가마는 또 무엇이고……."

황제가 고개를 힘겹게 내저으며 깊은 한숨을 내쉴 때, 주겸이 조심스럽게 한 발 앞으로 나왔다.

"폐하, 강호인들은 그것을 무인흑교라는 이름으로 부르고 있사옵니다."

"……?"

"신이 지난 며칠간 조사한 바에 의하면 무인흑교는 그 정체가 정확히 밝혀진 것이 없고 그저 수많은 추측과 비밀을 간직한……."

"됐다."

"……."

"짐작 같은 것은 필요 없다. 지금 필요한 것은 짐의 아우 주휘를 찾는 것이다."

"폐… 폐하……. 지휘사를 되돌려 놓기 위해서라 도……."

"틀렸다. 이미 늦어버린 게야. 신 도사가 검을 쓰도록 놔 뒀어야만 했다. 짐의 망설임이 수많은 병사를 죽인 것이 야……."

"하오나 폐하! 지휘사는……."

"겸아! 나는 그 아이가 더 이상 죄를 짓는 것을 방임할 수 가 없구나."

"폐… 하……."

주겸이 다시 한 번 간절한 목소리를 뱉었으나 황제는 천 천히 눈을 감았다.

황제나 주겸, 주휘 모두 한 어머니 배에서 나고 자란 사 이였다.

첫째는 보위에 앉았고, 둘째는 문치의 중심에 섰고, 셋째 주휘는 병권을 맡아 보국강병의 기틀을 다잡고 있던 때였 다.

그런데 그 주휘의 목숨을 거두란 명을 내리고 있는 것이다.

"휘가 아우라면… 백성은 짐의 자식이다. 아우를 위해 수만 명의 자식을 버릴 수는 없지 않느냐……."

두 눈을 감은 채 나직하게 흘러나오는 황제의 음성이 나직하게 떨려왔다.

주겸 역시 더 이상은 아무런 항변도 할 수가 없었다.

그 누구보다 가슴이 찢어지는 것이 황제라는 것을 알기 때문이었다.

건청궁 내의 분위기가 더없이 무겁게 가라앉아 갈 수밖에 없는 그때였다.

"전령입니다, 폐하!"

금의위 위사 한 명이 목청을 높이고 굳게 닫혔던 궁문이 활짝 열렸다.

태사의에 몸을 기댔던 황제가 벌떡 일어섰고 주겸을 비롯한 신하들도 반색을 하며 고개를 돌렸다.

"으음?"

그 순간 황제가 고개를 갸웃하며 인상을 찌푸렸다.

먼지투성이 갑옷을 입은 전령은 한눈에도 어림군 출신이 아니라 지방에서 올라온 장수로 보였다.

그는 다급한 얼굴로 헐레벌떡 건청궁까지 내달려 왔다.

쿠쿵!

궁 안으로 들어서자마자 오체투지하며 머리를 조아리는 전령.

"만세! 만세! 만만세! 신은 하남도지휘사사 백부장 종리……."

"그만! 무슨 일이냐?"

"……."

황제가 뚝 하고 말을 끊어버리자 전령으로 온 장수는 입이 바짝바짝 마른지 연신 침만 꼴딱이며 머뭇거렸다.

그때 이부상서 주겸이 나섰다.

"도지휘사사의 백부장이 입궁하여 황상을 급히 알현코자 한 이유를 묻지 않느냐?"

"넵? 신… 신은… 백부장 종리진으로 하남성 도지휘사 연자추 장군의 휘하……."

"어허! 본란만 하라니까!"

황제가 참지 못하고 목소리를 높이자 전령이 화들짝 놀라 소리쳤다.

"정주부 관사 병력이 모조리 실종되었사옵니다."

"……!"

"……!"

"연 장군을 비롯한 휘하 병력뿐 아니라 징주부 관사 병사들과 관리들 또한 모조리 실종되어……."

"실종이라니?"

황제가 오만가지 인상을 찌푸리며 되묻자 전령은 더욱더 당황한 얼굴이었다.

"그게… 하룻밤 새 모두 사라져서……."

그 역시 천부장으로부터 소식을 전하란 명을 받고 부리나케 말을 달려온 것이 전부였다.

그가 사태를 제대로 파악하지 못하고 있음을 깨달은 주겸이 다시 한 번 나섰다.

"실종이라면? 죽었다는 뜻이냐?"

"이틀째 사방을 수색했지만… 아무런 흔적도 발견되지 않아서……."

그 순간 황제를 비롯한 대신들의 낯빛이 순식간에 어두워졌다.

벌떡 일어서 있던 황제가 다리에 힘이 풀린 듯 태사의 위로 몸을 기댔다.

그곳에 주휘가 갔다는 사실을 알았기 때문이었다.

그의 손에 죽은 어림군 병사 수백 명이 눈앞에서 순식간에 형체도 남기지 않고 사라져 버렸다.

만일 하늘에 둥실 떠 온 시커먼 가마가 아니었다면 이곳에 있는 이들 또한 그렇게 변했을 것이란 사실을 다들 알고 있는 것이다.

그 가마에서 천지를 울리는 금음 소리가 울리고 나서야 핏빛 안개가 사라졌고, 주휘 또한 모습을 감췄다.

휘청거리더니 추락하는 가마 안으로 신응담이 날아 올라 탄 뒤 그대로 사라져 버린 것이 그날 벌어진 일의 전모였다.

그때 일을 똑똑히 기억하는 황제나 조정 대신들은 이번 정주부에서 벌어진 사건이 주휘와 무관하지 않다는 것을 충분히 짐작할 수 있었다.

그렇다고 하더라도 당장은 무엇을 어떻게 손쓸 도리조차 없었다.

"무림이란 게 이 정도였단 말이냐……."

태사의에 깊숙이 몸을 기댄 황제의 입술을 비집고 침통한 음성이 흘러나왔다.

그때 또 다른 외침이 들려왔다.

"전령이옵니다, 폐하!"

황제뿐 아니라 관리들, 그리고 먼저 온 전령까지 흠칫하며 고개를 돌렸다.

활짝 열린 궁문을 지나 또 다른 복장의 전령 하나가 냅다 건청궁 너른 마당을 가로질러 왔다.

감청색 무복을 입고 옆구리에 육모방망이를 매달며 내달

려오는 사내는 딱 봐도 지방 현청의 포두 복장이었다.

황제를 비롯한 모두가 그가 궁 안으로 뛰어 들어오는 동안 고개를 갸웃할 수밖에 없었다.

지방 관청의 포두 정도가 자금성 안으로 들어왔다는 것 자체가 이례적임을 아는 것이다.

그런데도 세 개나 되는 수문을 통과해 황제에게 보내졌다는 것은 그만큼 사안이 중대하다는 의미기도 했다.

황제의 낯빛이 더욱 어두워지는 가운데 포두는 헐떡거리는 숨을 간신히 참으며 바닥에 넙죽 엎드렸다.

"크, 큰일 났사옵니다."

황궁의 예법조차 제대로 전달받지 못하고 들어올 정도로 다급한 소식이란 뜻, 황제 역시 긴장한 눈빛을 지우지 못했다.

"숭산에 마귀가, 악마들이 나타났습니다!"

"……?"

"……?"

"산이 죄다 불타고 마귀들이 산 아래로 쏟아져 내려와… 백성들을 잡아먹습니다. 살려주십시오, 폐하!"

다급하게 쏟아져 나오는 포두의 목소리에 황제의 낯빛이 아연실색했다.

"마귀라니? 백성들을 잡아먹는다니?"

황제가 태사의 팔걸이를 움켜쥔 채 온몸을 부르르 떨었다. 도저히 당혹스러움을 떨쳐 내지 못하는 얼굴이었다.

"이놈! 어느 안전이라고 소란을 떠느냐! 정신을 똑바로 차리지 않으면 당장 목을 칠 것이다."

주겸의 날 선 목소리가 건청궁 안을 쩌렁쩌렁하게 울리자 포두 차림의 사내가 움찔하며 몸을 잔뜩 움츠렸다.

"소… 소신은 등봉현 포두 고삼이라 하옵니……."

중년 포두가 제정신을 차린 것 같아 보이자 주겸의 목소리가 조금 낮아졌다.

"숭산이면 소림사가 있질 않느냐?"

순간 포두 고삼의 눈동자와 온몸이 오한이라도 들린 듯 바들바들 떨렸다.

"그 승려들이… 마귀입… 니다."

"……?"

"사람을 잡아먹는 건 그 중들입니다……."

생각하는 것만으로 경기에 들린 듯 고삼의 이빨이 따닥 소리를 내며 떨렸다.

건청궁 안이 다시 침묵에 휩싸였다.

정주에서 숭산까지는 고작 반나절 거리.

이 두 사건이 관련되어 있다는 것은 누구라도 짐작할 수 있는 일이었다.

그럼에도 불구하고 소림 승려들이 산 아래로 내려와 사람을 잡아먹는다는 포두의 말이 너무도 두렵게 느껴졌다.

황제 또한 애써 신색을 유지하고 있지만 팔걸이를 움켜쥔 양손은 쉴 새 없이 떨렸고 그 안으로 식은땀이 흥건했다.

대명의 천자라는 자신의 자리가 이렇듯 무기력하게 느껴진 것은 처음이었다.

빠드득!

황제가 이빨이 깨져 나갈 것처럼 바짝 이를 갈았다.

"뭣들 하느냐! 가용 가능한 전 병력을 하남으로……!"

황제가 고함치듯 명을 내리는 그때였다.

차차차차차차창!

건청궁 높다란 담장 밖으로 갑자기 요란한 병장기 소리가 들려왔다.

연달아 두 줄기 바람 같은 그림자가 쉬익 하고 담장 위로 솟아올랐다.

차창! 창차차차차창!

금의위 무사들 역시 일제히 검을 빼 든 채 그들을 향해 쇄도해 들어갔다.

하지만 두 그림자는 양쪽으로 방향을 튼 뒤 금의위 위사들의 검을 보란 듯이 피해냈다.

쉬식! 쉬쉬쉬쉬쉿!

검이 바람을 가르는 소리만이 요란하게 이어졌고, 순식간에 금의위의 경계선을 통과한 두 사람이 다시 나란히 선채 불쑥 허공으로 치솟았다.

둥실~!

건청궁 안이 훤히 들여다보이는 허공에 멈춘 그림자.

다급하게 담장 위로 쇠뇌를 든 수백의 병사가 올라섰고, 최후까지 황제를 경호하기 위해 은신하고 어전시위 수십 명이 쏟아져 나왔다.

궁문이 열리고 바깥쪽 경비를 맡은 어림군 병사들 역시 물밀 듯이 들어왔지만 허공에 떠오른 그림자는 미동도 하지 않고 그곳에 서 있을 뿐이었다.

황제는 잔뜩 구겨진 얼굴을 펼 수가 없었다.

"네놈들이 감히!"

낮게 깔려 나오는 황제의 분노 어린 목소리가 건청궁 대전 밖으로 흘러나오는 그 순간 둥실 떠 있던 두 사람이 천천히 내려왔다.

털썩! 털썩!

전각의 문밖에서 무릎을 꿇고 황제를 향해 오체투지 하는 두 사람. 연이어 수십 개의 검과 수백 자루의 창, 그리고 무수한 쇠뇌살이 두 사람을 빽빽하게 겨눈 채 빈틈없이 에

위쌌다.

그런 상황에도 아랑곳하지 않고 내려선 두 사람이 입을 맞춘 듯 목청을 높였다.

"만세 만세 만만세!"

"만세 만세 만만세!"

황제가 벌떡 일어서 건청궁 대전 밖을 향해 걸어 나왔다.

어전시위들이 앞을 막으려 했지만 황제는 거침없이 두 사람을 향해 다가왔다.

"검성이라 불렸다지? 그 알량함이 감히 짐과 국법을 무시할 정도가 된다 여기느냐?"

황제의 목소리는 차갑고도 냉정했다.

하지만 바닥에 납작 엎드려 머리를 조아리고 있는 두 노인 역시 추호의 흔들림도 없었다.

오른쪽에 엎드린 백발노인이 머리를 박은 채 입을 열었다.

"신 엽무백! 죽음을 각오하고 이 자리에 왔사옵니다."

"……."

"모든 겁란은 마(魔)로부터 비롯된 것……. 일말의 거짓이라도 있다면 당장 목을 내놓을 것이옵니다."

第九章

호북성 균현에 위치한 무당산.

　화산파와 함께 도문의 양대 조종으로 손꼽히며 추앙받는 무당파가 자리한 곳이다.

　화산이 예로부터 개인의 수도와 더불어 구세제민에 뜻을 두고 도를 추구했다면, 무당파는 도인 개개인의 탈속과 탈각을 궁구하며 선인의 길을 모색하는 것을 업으로 삼는 문파였다.

　엄격한 문규 아래 제자 대부분이 평생 동안 산을 벗어나지 않으며 수도하는 곳이고 보니 바깥세상과의 불화나 간

섭이 없는 것이 무당파의 가장 큰 특징이라 할 수 있었다.

그럼에도 무당파의 이름이 천하에 드높은 것은 이따금 세상에 나와 펼치는 무당파 도인들의 놀라운 신위 때문이었다.

현 무당파의 장문 청허자만 해도 젊은 시절엔 취선검영(聚仙劍英)이란 별호로 무명을 날렸고, 현재는 은선우사(隱仙羽士)란 이름으로 천하십강의 일좌를 차지하고 있는 인물이었다.

그런 청허자만큼 대단한 도인이 셀 수도 없이 많다고 알려진 곳이 바로 무당파였다.

그만큼 강호인들이 존경하고 두려워하는 무당파. 하지만 무수한 세월이 흘러왔음에도 그 진실한 힘이 제대로 드러난 적이 없는 곳이기도 했다.

속세와의 거리를 멀게 유지하며 살아왔기에 늘 조용하고 엄숙함이 깔린 무당파 경내.

그런데 문파의 대소사를 주관하는 자소전 안으로 격렬한 목소리들이 쏟아지는 중이었다.

"장문진인! 말도 안 되는 소립니다. 본산제자 전부를 하산시키라니요!"

"그렇습니다. 북검회가 대체 무어라고 본 파 제자들을 오라 가라 한단 말입니까."

"수십 년 동안 무당은 그들과 아무런 은원도 맺지 않았습니다. 그런데 왜 우리가 저들을 따라야 합니까?"

반백과 초로의 노도사 몇이 목소리를 높이자 상석에 조용히 앉아 있던 늙은 도사가 조용히 입을 뗐다.

"북검회의 이름으로 본산을 추궁하는 것은 아니다."

"……?"

"자금성에 변란이 있었다."

"……!"

"거기다 속가에서 들려온 소식에 따르면 숭산이……."

무당장문 청허자가 짙은 그늘을 지우지 못하며 말끝을 흐리자 동석하고 있는 도사들의 표정이 제각각 변하기 시작했다.

누구는 놀라고 누구는 당혹스러워하고 또 누구는 두려워하면서도 입을 꾹 다물고 청허자의 음성이 이어지길 기다렸다.

"…숭산 소림이 멸문지화를 당했다……."

"……!"

"……!"

일순간 자소전 안으로 무섭도록 서늘한 침묵이 무겁게 내리깔렸다.

자리에 앉은 채 온몸이 경직되고 부르르 떨리는 무당파

의 도사들.

장문 청허자 아래로 청명, 청진, 청해, 청공, 청무, 청운의 도호를 지닌 그들은 수십 평생을 산속에서 함께 수련하며 지내온 사형제 사이였다.

굳이 더 설명 없이도 지금 사태가 얼마나 크고 두려운 일인지 한마음으로 느끼는 것이다.

시간이 점점 더 흘렀지만 침묵은 더욱 무거워져 갔다.

"흉수는 그럼……?"

한참 만에 장로들의 맏이인 청명자가 나직하게 입을 떼자 청허자의 안색이 더욱 어두워졌다.

"아직은 알 수가 없다."

"그러면… 짐작하시는 것이라도……?"

"검성은 그 흉수가 화산이라고 하지만……."

청허자의 나직한 음성에 장로들의 표정이 대번에 달라졌다.

그게 무슨 말도 안 되는 소리냐는 표정들.

"북검회가 화산파의 손에 무너진 지 벌써 두 달이다."

"네엣?"

"그게 무슨……?"

당황하는 장로들을 향해 청허자가 고개를 천천히 끄덕였다.

"화산은 사제들이 알던 과거의 화산파가 아니다. 그 힘이 천하를 아우르기 시작할 정도다."

장로들은 또다시 당황했다.

세상일에 관여하던 젊은 시절에만 해도 화산파는 그 명운이 다했다고 여길 정도로 완전히 기울어가는 문파였기 때문이었다.

그 후로 속세의 소식을 차단한 채 수련에만 임해온 장로들이기에 청허자의 말에 전같이 놀랄 수밖에 없는 것이다.

"그렇다면 북검회는……?"

"검성은 야합과 모략을 아는 인물이지. 그 짧은 사이 다시 세를 끌어모은 듯하다."

"……."

"하지만 나는 그에게 놀아나고 싶지 않다. 다만… 황명을 거부하는 것만은 부담스럽구나."

청허자의 침중한 음성에 장로들 역시 하나둘 고개를 끄덕이기 시작했다.

"세상사는 잊고 수도에만 전념시키고자 했거늘… 이제 그럴 수 없게 됐다."

청허자의 표정과 말투가 변하자 장로들 역시 눈빛이 완전히 달라졌다.

착 가라앉았던 분위기를 일소한 뒤 형형한 안광을 뿜어

내기 시작한 것.

"하산을 명한다. 청명과 청진은 숭산으로 가 사건의 전모를 밝혀라."

청허자의 목소리에 도사 둘이 자리에서 일어서 공손히 포권을 취했다.

"청해와 청공은 자금성으로, 청무와 청운은 화산으로 가 모든 일의 실태를 낱낱이 파악하라."

남은 도사들 역시 자리에서 일어서 청허자를 향해 공손히 포권을 취했다.

그 후 곧바로 몸을 돌려 자소전을 빠져가는 도사들.

그들 중 맏이인 청명이 우뚝 멈춰 선 채 청허자를 바라봤다.

"본산은… 괜찮겠습니까?"

청명의 목소리에 서린 깊은 근심이 청허자의 안색에 또다시 그늘을 드리우게 했다.

"소림이 화를 당했거늘… 무엇을 자신할 수 있겠느냐. 다만 문을 걸어 잠근다고 피해갈 수 없다는 것을 알 뿐이다."

청허자의 말에 청명 역시 고개를 끄덕인 뒤 자소전을 빠져나갔다.

밖에는 이미 행랑까지 꾸리고 길 떠날 준비를 끝낸 무당 제자들이 도열해 있었다.

무당파의 일대제자들, 그들을 가로질러 장로들의 걸음이 무심하게 이어졌다.

　장로들이 산문을 향해 나아가자 연이어 각기 사부로 모시는 장로들을 따라 일대제자들의 무리가 나뉘었다.

　그럼에도 누구 하나 들떠 있는 이가 없었고 그 발걸음은 조용하고 또 숙연하기만 했다.

　무당파 산문을 벗어나 좁다란 산로를 굽이쳐 한참이나 내려온 무당파 도인들이 평지가 나오자 잠시간 멈춰 섰다.

　각기 방향을 달리하여 흩어지기 전 서로를 향해 포권을 취하기 시작한 것.

　"짝을 지어 보내는 장문진인의 뜻을 기억해라."

　장로의 맏이인 청명자의 목소리에 마주 선 장로들과 제자들의 낯빛이 더욱 굳어졌다.

　둘 중 하나는 살아서 임무를 마치라는 의미. 그만큼 이번 하산 길에 큰 위험이 있다는 뜻이었다.

　"모두 보중하시게."

　청명자는 더 이상 군소리 없이 돌아섰다.

　"보중하십시오."

　"보중하십시오."

　장로들과 제자들이 서로와 서로를 향해 포권을 취한 뒤

각기 가야 할 방향을 향해 돌아섰다.

각자의 길로 흩어지기 시작하는 무당파의 도인들.

그때였다.

"으음?"

숭산이 있는 하남 쪽으로 길을 잡은 청명자와 청진자가 굳은 표정으로 걸음을 멈췄다.

"사부님! 저게 대체……?"

일대제자 하나가 떨리는 목소리로 물어왔지만 청명자나 청진자는 대답해 줄 수가 없었다.

난생처음 보는 광경이었기 때문이었다.

지평선 자락으로 낮게 깔린 새빨간 안개가 엄청난 속도로 밀려오고 있는 것이다.

방향을 달리했던 다른 제자들 역시 우뚝 멈춰선 채 그 기이한 광경에 긴장할 수밖에 없는 때.

뭔가 알 수 없는 불길함에 사로잡힌 청명자가 소리쳤다.

"제자들 모두 본산으로 올라가랏."

"……!"

"……!"

"못 들었느냐! 어서!"

연이어 청진자의 호통에 각기 길을 달리했던 제자들이 일제히 신형을 돌린 뒤 산로로 몸을 날렸다.

잠시 뒤 그 자리에 남은 이는 여섯 장로뿐이었다.

서로의 눈을 쳐다보며 말도 못하게 굳어지는 그들의 표정.

모두가 한마음으로 불길하고 두려운 감정을 공유하고 있는 것이다.

창!

청명자가 가장 먼저 검을 빼 들었다.

차장창!

다른 이들 역시 검을 뽑은 뒤 청명자 옆으로 나란히 섰다.

그사이에도 붉은 안개는 무당산을 향해 엄청난 속도로 가까워지고 있었다.

검을 쥔 여섯 장로의 이마로 한두 방울씩 땀방울이 맺히기 시작했다.

단지 불길했던 예감의 실체를 하나둘 확인하기 시작한 것이다.

"사… 사형!"

"저게 대체……?"

핏빛 안개에 휘감겨 밀려드는 것은 산 자도 죽은 자도 아닌 이상한 것들이었다.

뼈마디에 살점만 너덜너덜 달라붙은 흉측한 괴인들. 머

리통은 하나같이 백골이었다.

그런 것의 숫자가 수백은 넘어 보였다.

후웅! 우웅! 우우웅!

여섯 장로의 검에서 일제히 눈부신 빛이 뿜어졌다.

붉게 타오르는 검강을 일으킨 장로들이 결연한 눈빛으로 서로를 쳐다봤다.

여기서 막아내지 못한다면 소림에 닥친 겁화가 무당파를 휩쓸 것임을 본능적으로 감지한 것.

바로 그 순간, 한 무리의 군마처럼 열을 맞춰 내달리던 괴인들의 움직임이 달라졌다.

캬악!

슛! 슈슛!

마치 먹잇감을 발견한 것인 양 앞서 내달리던 괴인들이 허공으로 솟구쳐 올랐다.

연달아 메뚜기 떼가 뛰는 것처럼 시꺼먼 그림자들이 여섯 장로를 향해 미친 듯이 날아들었다.

슈슈슛슈슈슈슛!

절정의 경공술을 익힌 무인들도 흉내 내지 못할 만큼 엄청난 거리를 단번에 펄쩍 뛰어 쏟아져 내리는 것.

캬악!

가장 먼저 떠오른 백골이 흉측한 이빨을 드러낸 채 청명자의 목줄기를 향해 떨어져 내렸다.

마치 맹수와도 같은 움직임!

슈앙!

뎅강!

청명자의 붉은빛 검강이 머리통만 백골인 그것의 목을 단번에 잘라냈다.

"……!"

순간 청명자의 눈이 부릅떠졌다.

터턱!

온통 짓물러진 살점으로 가득한 괴인의 손이 청명자의 양어깨를 짚어온 것이다.

꽈득!

"윽!"

일순간 엄청난 악력에 어깨가 뜯겨져 나갈 것 같은 고통이 밀려들었다.

휘리릭! 서거걱!

다급하게 검을 팽이처럼 휘돌려 괴인의 두 팔을 잘라냈지만, 어깨에 달라붙은 팔은 여전히 그대로였다.

마치 거머리가 피를 빨 듯 꿈쩍도 않고 어깨를 파고드는 그 힘에 청명자의 얼굴이 말도 못하게 일그러져갔다.

하지만 바로 옆에 선 장로들은 그를 도울 수가 없었다.

슈슛! 슈슈슈슛!

캬악! 캬캬캬캬캭!

새까맣게 뒤덮어 오는 흉측한 괴물들을 향해 각자 검을 내지르기에도 바빴던 것이다.

"큭!"

"크윽!"

"으으으!"

청명자가 당한 것을 코앞에서 지켜봤지만 다른 장로들 역시 다를 것 없는 상황에 처했다.

완전히 조각내지 않은 한 잘린 팔다리가 꿈틀거리며 움직였다.

더구나 계속해서 밀려드는 괴인들의 숫자는 끝도 없는 상황.

다리가 잡아 뜯기고, 허벅지의 살점이 뭉텅뭉텅 뜯겨 나갔다.

고절한 공력으로 버텨내지 못했다면 온몸이 벌써 갈가리 찢기고도 남았을 일.

하지만 그들 장로들의 눈빛은 이미 아득한 절망으로 물든 뒤였다.

아무리 자르고 베이도 물리질 방법이 보이지 않았다.

"모두 도망치라고 알리게!"

청명자가 필사적으로 소리쳤지만 그저 공허한 외침일 뿐이었다.

이미 누구 하나 몸을 뺄 수도 없는 상황. 괴인들의 잘린 팔다리들이 뼈다귀가 쌓인 것처럼 장로들의 하체를 뒤덮고 있었다.

그런 상태로 상체만을 움직여 필사적으로 검을 휘두르는 장로들을 볼 수 있었다.

"으으……!"

청명자 역시 밀려드는 고통과 더불어 전의를 상실한 신음을 내뱉었다.

벌써 잡아 뜯겨 나간 것은 어깨 쪽 살점만이 아니었다.

팔다리 여기저기 새하얀 뼈마디가 드러난 곳이 한두 군데가 아니었다.

온몸은 피투성이였고 괴물 같은 것들은 여전히 끝도 없이 밀려들고 있었다.

챙강!

검을 쥔 손아귀에 힘이 풀리며 청명자의 두 무릎이 털썩하고 주저앉았다.

찔끔 눈을 감아 버린 청명자의 귓가로 예의 그 소름 끼치는 소리가 전해져 왔다.

캬얏! 캬캬캬캬!

기다렸다는 듯 청명자를 뒤덮어오는 괴인들의 입에서 뿜어지는 소리.

그때.

쭝!

퍼퍼퍼퍼퍼퍽!

무언가 끈적끈적한 것이 사정없이 얼굴에 튀는 것을 느낀 청명자가 눈을 부릅떴다.

쭝!

퍼퍼퍼퍼퍼퍽!

시꺼먼 번개 같은 것이 번쩍하면서 수십 기의 괴인이 폭발하듯 연쇄적으로 터져 나갔다.

눈이 튀어나올 것처럼 변한 청명자의 시선.

시꺼먼 번개를 뿌리며 괴인들을 박살 내는 것은 분명 자그마한 손도끼였다.

연이어!

후우웅! 후웅! 후우우웅!

엄청난 파공음을 내며 거대한 도끼 한 자루가 핏빛 안개 가운데로 내려꽂혔다.

쿠콰콰쾅쾅!

핏빛 안개가 속절없이 흩어지며 거대한 버섯구름 모양의 먼지가 하늘로 끝도 없이 치솟았다.

두 눈으로 보고도 믿기지 않는 위력이었다.

화탄 수천 개를 한꺼번에 폭발하면 그럴까 싶을 정도의 광경.

그 무렵 하늘에서 앳된 청년 하나가 천천히 떨어져 내렸다.

청년의 양손으로 손도끼와 대부가 저절로 날아와 붙잡혔다.

청년의 눈이 아직도 자욱한 먼지구름 쪽을 향했다.

"쏙새! 너 정체가 대체 뭐야?"

*   *   *

청명자를 비롯한 무당파 장로들은 피칠갑을 한 상태로 그대로 부르르 몸을 떨었다.

그들은 느닷없이 나타난 앳된 청년과 그가 펼쳐 보인 가공할 신위에 넋이 나간 얼굴이었다.

후드드드득!

하늘로 치솟은 뒤 넓게 퍼져 가는 거대한 흙먼지 속에서 뒤늦게 잘게 조각난 살점들이 우박처럼 떨어져 내렸다.

"대체 누… 누구……?"

청명자가 염호의 등을 향해 간신히 입을 떼보지만 염호는 돌아보지 않았다.

사방으로 자욱한 먼지구름을 뚫어져라 쳐다보며 한 소리를 툭 내뱉을 뿐.

"방해된다. 가라."

"……."

청명자는 더 이상 뭔가 물어볼 엄두도 내지 못했다.

상대가 아무리 어려 보인다고 해도 지금 상황을 충분히 이해한 것이다.

감히 재볼 수도 없는 엄청난 고수. 그가 아직 싸움이 끝나지 않았다고 말하고 있는 것이다.

청명자는 재빠르게 주변을 살폈다.

당장 운신이 불가능해 보이는 장로들이 여기저기 털썩 쓰러지는 것이 보였다.

그 상태로 눈만 끔뻑거리는 장로들. 몇몇은 당장 숨이 넘어가도 이상할 것 없어 보였다.

일단은 그들을 안전한 곳으로 옮기는 것이 먼저였다.

그때였다.

"사제! 사제들!"

산 아래 쪽을 향해 눈을 희번덕이며 미친 듯이 날아오는 무당장문인 청허자.

"누구냐? 대체 어떤 놈들이!"

피투성이로 널브러진 장로들과 온통 사방으로 나풀거리는 흙먼지. 그 앞에 선 염호의 뒷모습을 보며 청허자가 목소리를 높였다.

그를 막은 것은 청명자였다.

"피해야 합니다."

"사제?"

"우리가 감당할 적이 아닙니다."

"......"

청허자의 눈매가 잔뜩 일그러지며 눈앞의 염호와 청명자를 번갈아 살폈다.

대체 뭐가 어떻게 된 것인지 모르겠다는 표정.

하지만 청명자는 천천히 고개를 좌우로 내저었다.

"일단은 사제들을 살리는 것이 먼저입니다."

청명자가 쩔뚝이며 걸어가더니 청운과 청진을 힘겹게 양어깨에 걸쳐 올렸다.

그 모습을 보곤 청허자가 화들짝 놀라 소리쳤다.

"사제!"

다리 쪽으로 보이는 상처만 여러 개였다. 그것도 뼈마디가 다 드러날 정도로 엄중한 상처들. 그 모습을 하고 쩔뚝거리며 사제들을 옮기는 걸 보니 청허자의 안색이 파리하게 변할 수밖에 없었다.

청허자는 당장 앞뒤 사정을 따질 때가 아니란 판단을 내렸다.

양어깨에 청무와 청공을 걸치고 마지막 남은 청해를 품에 안기 위해 허리를 구부리는 청허자.

"……!"

그 순간 움찔한 청허자의 고개가 재빠르게 옆으로 돌아갔다.

츠츠츠츠츠츳!

자욱한 흙먼지 사이에서 마치 수십만 마리의 벌레가 부딪치는 듯한 기이한 소리가 들려왔다.

등줄기를 타고 순식간에 치미는 한기.

청허자의 눈동자가 이내 쏟아져 나올 것처럼 부릅떠졌다.

기이한 소리와 함께 흙먼지를 뚫고 나타난 흐릿한 그림자가 점점 또렷한 형상을 하며 가까워졌다.

"뭘, 꾸물대고 있어!"

염호의 짜증 섞인 음성이 토해졌지만 청허자는 구부정한 그 모습 그대로 완전히 굳어버린 얼굴이었다.

흙먼지 속에서 나타난 사내.

"소림……? 소림이 왜……?"

청허자는 정말로 이해하지 못하겠다는 표정이었다.

잿빛 승포에 파르라니 깎은 머리, 그 위에 뚜렷하게 새겨
진 여섯 개의 계인은 누구도 부정할 수 없는 소림사 승려만
의 표식이었다.

이제 스물 초중반이나 되었을 법한 젊은 승려.

다만 그 눈동자는 새빨간 보석을 박아 넣은 듯 붉게 빛나
고 있었다.

"어라?"

그 순간 염호의 입에서도 황당함을 지우지 못한 목소리
가 튀어나왔다.

누군지 아는 얼굴이었기 때문이다.

염호가 당황한 기색을 감추지 못하고 눈을 끔뻑이는 동
안 소림의 젊은 승려는 염호 앞으로 천천히 다가와 우뚝 발
을 멈췄다.

"의외네? 진마존의 후예가 남아 있었나?"

"……!"

염호의 얼굴이 순식간에 납덩이처럼 굳어졌다.

'흑제…….'

사부에게도 제대로 듣지 못한 것이 천살마공의 정확한

유래였다.

진마존이니 성마십이가니 하는 마도문파의 내력과 그곳의 무공이 천살마공이란 것을 처음으로 알려준 이가 바로 흑제였다.

눈앞에 있는 것이 흑제라는 사실을 의심할 수 없게 만드는 일이었다.

그런데 그 흑제가 지금 소림 승려의 몸뚱이를 하고 있었다.

그것도 형님 어쩌고 하며 자신을 귀찮게 했던 소화라는 중의 몸을 하고선.

'대체 뭐가 어떻게 돌아가는 거야?'

눈알을 아무리 미친 듯이 굴려봤지만 도무지 이 상황을 이해할 수가 없었다.

"아쉽네. 조금만 일찍 만났으면 좋았을걸."

"……"

"이 몸도 쓸 만하니 바꿀 이유가 없네."

소화의 모습을 한 승려가 해죽 웃으며 염호를 바라봤다.

본래부터 너무 곱상해 망태기 안에서만 지냈던 소화가 웃자 염호는 저도 모르게 흠칫하며 반걸음을 물러섰다.

패왕부와 흑뢰정을 움켜쥔 손에는 땀방울까지 흥건했다.

"너… 뭐야?"

일단 부수고 까고 나서 대화하는 염호였지만 당장은 당

혹스러움과 혼란에서 벗어날 수가 없었다.

코앞에서 다시 보니 이제는 흑제인지 아닌지도 알 길이 없었다.

"궁금할 것 없어. 시체는 그냥 시체잖아?"

소화의 모습을 한 승려가 손바닥을 천천히 들어 올렸다.

그 손바닥으로 순식간에 강렬한 기운이 모여들었다.

우웅!

염호의 눈이 동그랗게 치떠지더니 멍한 얼굴로 변해갔다.

'…어떻게 소림의 무공을……?'

손바닥을 가득 감싼 뒤 자신을 향해 쏘아져 오는 장력은 틀림없는 대력금강장이었다.

펑!

쿠콰콰쾅!

염호의 몸뚱이가 실 끊어진 연처럼 튕겨진 뒤 땅거죽을 뒤집어놓을 듯 요란하게 처박혔다.

소화의 몸뚱이를 한 승려의 얼굴이 살짝 일그러졌다.

때마침 멀리 흙구덩이에 처박혔던 염호가 툴툴거리며 몸을 일으켰다.

"…그러니까, 이 쑵새야! 네놈이 흑제라는 거야, 아니란 거야?"

입가에 한 움큼의 핏물을 머금은 염호의 눈알이 점점 새까만 빛으로 물들어갔다.

소화의 모습을 한 승려의 얼굴은 처음 장력을 날렸을 때보다 더욱더 일그러져 있었다.

"흑제? 흑제를 알아?"

"아! 씨바! 돌겠네."

쭝!

퍼걱!

염호의 손을 떠난 흑뢰정이 그대로 소림 승려의 머리통에 틀어박혔다.

여섯 계인 가운데 정확히 박혀 버린 자그마한 손도끼.

슈슈슈슈슛!

그 옆으로 붉은 핏물이 분수처럼 뿜어졌다.

연이어 비명조차 지르지 못하고 소화의 몸뚱이가 통나무처럼 뒤로 쓰러졌다.

털썩!

"뭐… 뭐야? 이 새끼는?"

염호가 황당하단 표정을 지우지 못하고 소화의 몸뚱이를 향해 다가갔다.

염호는 갖은 인상을 찌푸리며 쓰러진 소화의 몸뚱이를 내려다봤다.

"허……."

호흡이 없었다. 그냥 죽어버린 것이다.

너무 황당하고 어이가 없어 염호는 한참이나 소화의 몸뚱이를 그저 쳐다만 보고 있었다.

척!

가슴에 발을 얹고 이마에 박힌 도끼를 빼냈지만 역시나 소화인지 흑제인지 모를 몸뚱이는 그냥 죽어버린 것이다.

다시 살아난다거나, 혹은 안개나 영혼 같은 걸로 변해 여기저기 떠다니는 것도 아니고 그냥 완전히 죽어버렸다.

"돌겠네, 진짜……."

이게 뭐지 하는 생각을 지우지 못하면서도 영 찜찜하고 개운치 못한 기분을 떨칠 수가 없는 염호였다.

그때였다.

여태 그 상황을 모조리 지켜본 무당의 장문 청허자가 목소리를 높였다.

"네놈은 누구냐?"

"응?"

여태 신경도 쓰지 않던 무당파 말코가 갑자기 명백한 적의를 뿜어내니 염호 입장에선 황당하기만 했다.

얼굴엔 두려움이 가득하면서도 적의를 끝없이 발출하는 무당파의 장문 청허자.

"소림의 승려를… 소림에 이어 무당파를 노리는 이유가

무엇이냐!"

청허자는 죽을힘을 다해 목소리를 높였다.

"허~!"

염호는 너무 기가 막혀 할 말을 잃어버렸다.

다 죽게 생긴 것들을 기껏 살려줬더니 뭐가 어쩌고 어째
하는 심정이었다.

"노리긴 뭘 노린다고?"

염호가 핏물이 뚝뚝 떨어지는 흑뢰정을 툭툭 털어낸 뒤
허리춤에 꽂아 넣고 청허자를 향해 신형을 돌렸다.

"수… 수작… 부리지 마라! 방금 전 마기(魔氣)를 똑똑
히……. 커억!"

청허자가 갑자기 숨이 꼴딱 넘어갈 것 같은 소리를 토했다.

눈 깜짝할 새 다가온 염호가 청허자의 목울대를 틀어쥔
뒤 번쩍 들어 올렸기 때문이었다.

허공에서 버둥거리며 온몸을 떠는 청허자, 그 눈을 염호
가 뚫어져라 쳐다봤다.

"니가 봤어?"

"으으으……."

"봤냐고? 뭐가 어쩌고 어째? 소림? 무당?"

"크억!"

손아귀에 힘을 줄수록 숨이 곧 넘어갈 것 같은 비명을 내

지르는 청허자를 염호가 한심하다는 듯 쳐다보다가 그대로
바닥에 내동댕이쳤다.

털퍼덕!

"허억! 허억! 허억!"

거칠게 숨을 몰아쉬는 청허자는 두려움에 떨며 고개조차
들지 못했다.

"옛날에 말이다, 내가……. 됐다, 됐어. 어린놈 데리고
뭘……."

염호가 손을 툭툭 털며 뒤돌아섰다.

천살마군 시절에도 꼭 이런 일 때문에 무림공적이 되어
버렸다.

쓸데없는 오해로 시작된 끝없는 싸움.

똑같은 일을 반복할 이유가 전혀 없었다.

물론 구구절절 변명 같은 걸 하고 싶은 마음도 전혀 없었
다. 변명은 약자가 강자에게나 하는 것일 뿐.

대신 쓸데없는 소리가 나돌지 않게 강력한 경고를 해줄
필요는 있었다.

"그래, 나 마공 익혔다. 그래서 어쩔 건데?"

염호가 오른발을 천천히 들어 바닥을 쿵 하고 찍어버렸다.

순간 바닥에서 부들부들 떨고 있던 청허자가 무언가에
잡아끌리듯 허공으로 치솟았다.

쉬이이익!

"으아아악!"

아스라이 무당산 쪽으로 사라지는 청허자의 비명.

콰쾅!

"장문인!"

"사부님!"

자운전에 모여 있던 무당파의 제자들이 소스라치게 놀라 목소리를 높였다.

느닷없이 장문인이 하늘에서 날아와 자운전 마당에 내려 꽂혔으니 모두가 당황할 수밖에.

하지만 그게 끝이 아니었다.

슈악! 슛! 슉!

연이어 청해, 청공, 청무가 장문인의 등짝 위로 날아온 것이다.

"헉!"

"조심!"

놀란 제자들이 재빠르게 몸을 날려 부상당한 그들의 신형을 낚아채 청허자 옆에 내려놨다.

산 아래서 무슨 일이 벌어진지 모르는 무당파 제자들이 당황하고 있을 무렵 먼저 떠난 청명자가 징로 둘을 어깨에 들쳐 멘 채 나타났다.

"장문인? 어떻게 된 거냐?"

청명자도 놀라기는 마찬가지였다.

하지만 제자들 역시 영문을 알 길은 없었다.

"하늘에서 떨어지셨는데요?"

"……?"

청명자 역시 당황해하고 있을 때였다.

"어이! 무당파!"

"……!"

"……!"

무당 제자들이 일제히 허공을 향해 고개를 쳐들었다.

그곳에 파란 하늘을 배경으로 둥실 떠 있는 염호가 있었다.

"오늘 니들 살려준 게 나야."

"……!"

"……!"

"쓸데없는 오해 같은 거 하지 마라. 알았지?"

"……"

"……"

"못 믿는 눈치네? 꼭 봐야 믿을래?"

염호가 천천히 패왕부를 꺼내 든 뒤 다시 한 번 목소리를 높였다.

"이거 보고 나면 다들 믿어라. 원래부터 니들 죽일 마음 있었다면 금방 죽였다는 걸!"

후아아아앙!

쿠콰콰콰콰콰쾅!

＊　　　＊　　　＊

염호가 무당산의 주봉을 도끼질 한 번으로 무너뜨리는 그때.

화마로 잿더미가 되어버린 숭산 소실봉 깊숙한 동굴 속에서 누군가 눈을 번쩍 뜨며 몸을 일으켰다.

동굴 벽면 마다 고승들의 진신사리가 안치되어 있는 소림사의 성지인 천불동에서 깨어난 사내.

그는 번쩍이는 용린갑을 걸치고 있는 지휘사 주휘였다.

두두둑!

주휘가 목을 이리저리 꺾은 뒤 입가에 피식하고 웃음을 지어 보였다.

"…이번 생(生)은 지루하지는 않겠어……."

『마 in 화산』 8권에 계속…

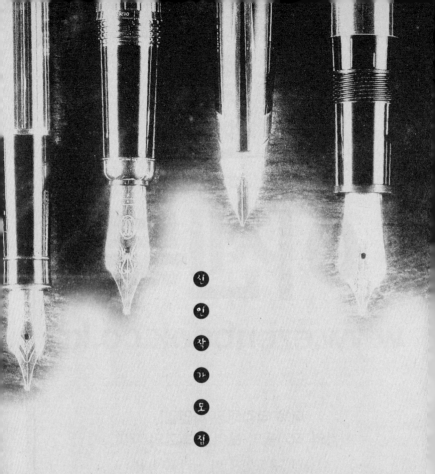

천산루

무경 新무협 판타지 소설

암제귀환록

마흔에 이르기도 전에 얻은 위명.
암제(暗帝).

무림맹의 충실한 칼날이었던 사내.
그가 무림맹 최후의 날에
모든 것을 후회하며 무릎을 꿇었다.

"만약 그때로 돌아갈 수 있다면……"

사내의 눈이 형용할 수 없는 빛을 토했다.

"혈교는 밤을 두려워하게 될 것이다!"

Book Publishing CHUNGEORAM

유행이 아닌 자유추구 -
WWW.chungeoram.com

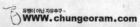

LORD

FANTASY FRONTIER SPIRIT

RAY SHADE

영주 레이샤드

한승현 판타지 장편소설

저주받은 영지 아베론의 영주 레이샤드.
**열다섯 번째 생일날,
정체불명의 열쇠가 그의 운명을 바꾸었다!**

『영주 레이샤드』

시험의 궁을 여는 자, 원하는 것을 얻으리니!
시련을 극복하고 새로운 땅의 주인이 되어라!

레이샤드의 일대기가 시작된다!

Book Publishing CHUNGEORAM

- 유행이 아닌 자유추구 -
WWW.chungeoram.com

FANATICISM HUNTER

광신사냥꾼

류승현 판타지 장편 소설

FANTASY FRONTIER SPIRIT

『블레이드 마스터』의 류승현 작가가 펼쳐내는
판타지의 새로운 신화!

마도대전을 승리로 이끈 유리언 대륙의 영웅,
최강의 아크 메이지 제온!

그러나 '세상의 섭리'에 아내와 아이를 빼앗기는데…….

『광신사냥꾼』

만약 그것이 정말로 세상의 섭리라면,
그마저도 무너뜨리고 말리라!

복수를 위한 제온의 위대한 여정이 시작된다!

Book Publishing CHUNGEORAM

유행이 아닌 자유추구 -
WWW.chungeoram.com